外婆的英雄世界

赵挺 著

江苏凤凰文艺出版社
JIANGSU PHOENIX LITERATURE AND ART PUBLISHING

图书在版编目（CIP）数据

外婆的英雄世界 / 赵挺著 . — 南京 : 江苏凤凰文艺出版社，2019.2 (2024.4 重印）
ISBN 978-7-5594-3179-0

Ⅰ . ①外… Ⅱ . ①赵… Ⅲ . ①散文集 – 中国 – 当代 Ⅳ . ① I267

中国国家版本馆 CIP 数据核字 (2019) 第 008027 号

外婆的英雄世界

赵挺 著

策　　划	记忆坊 & 美读
责任编辑	白　涵
策划编辑	水　格
特约编辑	暖　暖
封面设计	小贾设计
出版发行	江苏凤凰文艺出版社
	南京市中央路 165 号，邮编：210009
网　　址	http://www.jswenyi.com
印　　刷	环球东方（北京）印务有限公司
开　　本	880 毫米 ×1230 毫米 1/32
字　　数	175 千字
印　　张	9
版　　次	2019 年 3 月第 1 版
印　　次	2024 年 4 月第 4 次印刷
书　　号	ISBN 978-7-5594-3179-0
定　　价	55.00 元

外婆的英雄世界

前言

五年前的秋天，我还很年轻，习惯晚睡。

凌晨的时候，想到了一些人和事，于是写了一篇文章叫《外婆》，写完就睡了，这就像生活中做过的很多小事一样，对此并没有更多的想法。

在我二十五岁之前，有很多想法，写了很多文字，向一百多家出版社投了书稿，除了邮箱的自动回复就再也没有收到过任何回复。

朋友都说，实现梦想那是少数人的事，显然我们都不是，还是好好找一份工作过日子吧。

我说，你说得很对。

于是我去上班了。我认为这世界上有两种人，一种人上班是贡献价值顺便赚钱，另一种人上班是解决工作岗位顺便贡献微薄的价值。像我这样晃晃悠悠的人，是属于后者。所以在此感谢荣荣老师和雷默兄。

一直到两年后，韩寒创办的“ONE · 一个”发表了《外婆》

这篇文章，在获得不错的反响之后，有读者问我，这样的文章还有吗？我回答，还有。

其实文档里是没有的，但我开始思考是否应该写个系列，写出关于外婆的一切。这期间我到处在玩，当然也在上班，面对各种繁杂琐事。有时候这成了一个闪念，更多的时候我甚至忘了这件事。

到了2017年，时间又过去了一年，我想当初期待我再写出点什么的人估计早已经忘了我。这一年夏天，一个昏昏欲睡的午后，卫好唯找到了我，连问候都省略了，说看了我的文章想做我的书，问我有没有其他稿子，发过来看看。

我依旧没有稿子，但我依旧说，有。

从这个夏天开始一直到今年的冬天，大半年的时间，我写了三十二篇，这期间大部分依旧在凌晨写完，写完一篇就发给好唯看。有时候她也没睡，有时候早上醒来她会告诉我，写得不错。当然，其间也有很多商榷和修改。

一切都很顺利，我们计划在今年的六月让这本书上市。

半个月后，好唯跟我说，你的稿子最终选题没有通过。

这是一个大意外。显然我们就内容产生了极大的分歧，合同被迫终止。一切来得非常突然。

我一夜没睡，我在想，很多年前朋友说得对，实现梦想很难，天亮赶紧去上班养活自己。

第二天我和好唯说，我给你讲一个故事吧。

从前有个默默无闻的作者，他的一个朋友把他的稿子拿去投稿了，编辑们在开选题会的时候把他的稿子给枪毙了，但是主编认为这稿子很好，于是把这稿子从垃圾堆里捡回来让其发表，并且和编辑打赌说这稿子能产生不错的反响，结果主编预测对了，之后这个作者因此还收到了出版社的约稿……

好唯打断我说，这种故事你就别讲了，作为编辑我听得多了。

我说，这个故事里的作者就是两年前的我，那位朋友就是青年作家徐衎，主编就是当初ONE的主编金丹华，他用了韩寒给他的“特权”让我的那篇文章得以发表，而那个约稿的编辑就是你卫好唯，接下来，应该让故事再精彩一点。

我也要感谢以上这些人。

但是好唯沉默了一会儿说，你还是考虑新东家吧。

我没再说什么。在我不知所措的时候，半个月后我就遇到了现在的新东家。好事坏事总是来得这么突然。他们告诉我今年开始书号越来越紧张，但是选题会全体通过了，还是决定做我的书。

签了合同之后，我还是在犹豫，这到底是真的还是假的。

显然，现在你们已经看到了这本书，没错，这次是真的了。

这是一本关于我与外婆之间的故事集，从小时候到现在，从我长大到外婆老去，关于时间，关于爱，关于孤独，关于温暖，都夹杂在每篇文章的细微之处。

从2013年秋天深夜写完第一篇，到2019年春天出版上市，已经过去接近六年了。

五年的时间，发生太多的故事，有遇见，也有离开，有接受，也有拒绝，有喜悦，也有哀愁。我希望这本书能出现在每一个城市，无论是中国的东南沿海还是西北、西南、东北甚至我说不出名字来的小城。

我希望以文字的方式在每一个地方遇见你们，且以后的每一个日子里：

热闹喧嚣，静世独处，它能伴你左右。

暮春严寒，烈日星光，它能陪你度过。

愿此刻开始，你们每个人永远快乐自由。

赵 挺

2018年6月10日于宁波

目录

CONTENTS

外婆

那一天，天空不算晴朗，也不算阴郁，总之不关天空什么事，我去外婆家看我外婆。

我和外婆闲聊一会儿。她拿出一张纸头，上面密密麻麻写着诸如“肩宽屋宽最重要是心宽”之类的话语，一共二十句。外婆说，这是她去一个亲戚家看到人家墙上贴着这些话语，觉得这些话实在写得太好了，于是让主人抄下来，打算也贴到自家墙上天天看。她觉得这些话能修身养性。

她说，可惜那主人字写得不好，你帮我用电脑打一份然后去打印出来。然后想了想说，要不裱个框吧，或者叫人写个书法。

我说，那你家的墙就要挂满了。

外婆说，那算了。

我说，你放心，我会给你弄好的。

在如今资讯爆炸的年代，我们对这些话语都嗤之以鼻，甚至觉得烂俗至极，但是我外婆不用微博不用微信，她没有经受网络的轰炸，她的神经没有被过多的哲理话语所麻木，所以她认真喜欢这样的每一句话。

外婆说，你放心，我会给你钱的。然后伸出两根手指说，两千。

我忙说，这个只需要五毛钱就行了。

我外婆说，就两千，你给我点面子。

我看另一间屋坐着我妈以及各种七大姑八大姨在聊天，于是说，别两千，你也给我点面子。

我外婆说，就两千，你还没结婚。

以前我外婆给我钱的时候说，你还没毕业，后来要给我钱的时候，说你还没赚钱，现在还想着给我钱，说我还没结婚。她总这样，喜欢时不时给我点钱，给钱的时候她总有一个理由。她说，你反正永远比我小。

我说，我现在已经有钱了。

外婆说，放屁！

我说，没有放屁啊。

外婆说，你一年能赚一百万吗？

我说，那……确实是放屁。

外婆看了一眼外面十几平方米的院子说，你又要去穷游了？

我外婆很牛，她竟然知道“穷游”这个词，但是她竟然又问我是不是又要住青年旅馆。没错，好像这些东西她都知道。

她问我，这次你要去越南、老挝和缅甸吗？

我说，这种小国家你都叫得这么顺口。

外婆说，越南现在还在打仗吗？

我说，这都是四十多年前的事情了。

外婆说，那老挝是越南旁边的一个小国家吗？

我说，是的。

外婆说，缅甸的玉真货是不是买不到？

我说，可能很多是义乌小商品批发市场产的。

外婆说，那金三角呢？你去那边要注意安全。

我说，金三角已经不种鸦片了。

我拿一支烟给我外婆点上，我说，中华怎么样？

外婆吸了一口说，尝不出来，都一样。

外婆说，你现在头发剪了，以前长的时候长得像那个谁……

我说，周杰伦。

我外婆说，对对对，叫周杰伦。

我外婆又吸了一口烟问我，女朋友有了没？

我说，现在没有。

外婆说，要有责任心知道吗？

我说，知道了。

外婆说，要戴套知道吗？

我……

外婆说完又吐出一个烟圈说，这次水灾淹得真厉害，这都是人为造成的，你说是吧?

我点点头。我外婆家也被淹了，而她作为一个不上网只是每天看看大篇幅正能量报纸的老太太，竟然说这水灾是人为造成的。

外婆咬着三分之一支烟说，现在一些当官的，和电视里面放的古装剧里的当官的一样，灾难来了他们都不管，只管自己大吃大喝自己拿钱，弄不好的。

然后她把烟头掐灭说，过几天我要去湖西看看走走。我外婆是正宗老宁波人，老宁波人都把月湖叫作湖西。

我外婆说，湖西都被淹成西湖了吧?

我说，这话我要写到小说里去。

外婆说，写小说不要太努力，随便写写就好，赚钱也一样，随便赚赚就好，你饿不死的。

我说，是的，主要国家政策好。

我外婆一惊，然后呵呵一笑。

外婆说，不要多想，反正你出了什么东西就都拿一本来给我看看，我现在只订了牛奶和《宁波晚报》，没事做。

我说，十一月我会拿新书给你看。

我外婆说，你所有的小说我都看了，而且全看懂了。

我说，小说不能说看懂或看不懂。

外婆说，那我都没看懂。

我……

外婆说，时间过得真快，转眼你就这么大了。

我外婆现在特爱回忆。每次回忆都从她十八岁开始。因为十八岁是她人生的一个转折点。

半个世纪前，上山下乡运动把我十八岁的外婆从城市送到了乡下。

外婆说，她一个城市人，立即收拾包袱去四明山林场，她觉得她要死了。后来有个一起去的知青选择结婚，于是她也选择结婚，所以她现在住在了一个离城市不远的小村子里。

我外婆说，那个时候，乡下人看不起她，为什么呢？因为她不仅不会种地，连田埂都不会走……这实在太悲剧了。她不会干农活，给他们生产队拖了很大的后腿。城市人简直就是一个累赘。

外婆说，我以前的家就住在那个解放南路罗曼斯牛排馆这个地方，现在罗曼斯还在吗？

我说，这个东西我读高中的时候去吃过，现在不知道还在不在。

外婆说，对了，你们年轻人现在吃饭一定不去那里，你们经常去哪里吃？天一？万达？

我说，不是，经常吃的是兰州拉面，沙县小吃……

外婆说，莫神经，你们年轻人是不是去更高档的地方了？我只知道肯德基，你读小学二年级的时候，我就给你买肯德基，那时候肯德基是挺时尚的东西，现在不一样了，我也不知道你们吃什么了，我老了。

我说，你没有老，我还是喜欢吃肯德基。

这个时候我外婆拿出一个收音机说，这个收音机我新买的，可以从电脑上下载甬剧京剧之类的，你帮我去下一点，如果有好听的流行歌曲，也可以给我来一点。

我说，这不就是MP3吗？怎么这么大的MP3？

外婆说，才一百块，大一点不好吗？

我说，现在电子产品都流行小的。

外婆说，那电视机不是越来越大了吗？

我说，这倒也是……

我外婆七十几岁，依旧住在乡下的一个小村子里，每天看看报纸、喝喝牛奶、种种花草、听听广播、散散步、乘乘公交车去城市里看看她老家。很多时候外婆还喜欢和我打打电话，她用的是一款老旧的诺基亚手机，可是她每天带在身边。

有时候外婆拨通我的电话就说，喂，阿挺啊，你好。

我就说，啊，外婆，你好啊。

外婆说，好好好，我当然好了。

我说，我也很好啊。

外婆说，国家政策好，让你妈听电话吧。

我……

其实每个人长大以后，大部分时间并不在外婆的生活圈里，有时候宁愿刷半天朋友圈也不愿意听外婆叨叨念念。

那年春天，我买了一辆自行车准备骑车去西藏，打算先骑一趟厦门或者黄山练练手，外婆听到这消息说不能让我这样发神经，并且赶紧在观音菩萨前叩拜保佑我不能成行，结果我市区还没骑出就连人带车栽了，伤筋动骨，外加下巴缝了二十多针。胸中文艺大志破灭，躺在床上一星期。外婆天天来看我，昨天带点香蕉，今天带点红枣，明天带点苹果，后天还带点大白兔奶糖，还问我要不要吃肯德基。

我下巴贴着纱布，却满心欢喜地把外婆给我的一切都吃了。

外婆又一次夸我，真乖。

我在床上躺久了，外婆就从桌上拿起手机递给我说，来，刷刷朋友圈，现在看看手机都叫刷刷朋友圈，大家都这么说。

外婆虽然也不让我玩手机，但是她认为年轻人离不开手机，于是允许我看半小时，并且还要一直帮我拿着。

我说，我有手机支架。

外婆拿着手机对着我，说，来来来，你就这样用手机看看西藏好了，不是也挺好的。

我说，年轻人应该多出去走走，最好走遍全世界。

外婆说，年轻人，走遍世界也好，躺在床上也好，不要多想，年轻本身就很好。

于是我和外婆认真又不严肃地探讨了一下午的年轻人和老年人想法、生活等的差异性。

外婆最后的总结是：来来来，我给你讲个嫦娥的故事吧。

嫦娥的故事才讲了一半，外婆已经趴在床边睡着了，可以前都是嫦娥的故事才讲了一半，我已经睡着了。

此时，暮浓月明，外婆神色安详。时间好像倒退了二十多年。二十多年前我在不足二十平方米的外婆家小院里蹦跶，感觉世界美好，我早已走遍。

回到我们的世界

这个世界上的很多事情，总有一些不像结尾的结尾。譬如，我和一个姑娘的故事，最终停留在她的一句“我先去洗澡了”。

外婆说，什么时候跟你说去洗澡的？

我说，三个月前吧。

外婆说，这洗澡水都放满两个皎口水库了吧。

我听了外婆的话说，大概吧。

外婆说，淹死她！

我说，别这样啊。

外婆说，开玩笑的啦，你有多喜欢她啊？

我说，这不能这么问。

外婆说，那她有多不喜欢你啊？

我说，我们谈点别的。

外婆说，肯定有三个皎口水库那么多。

外婆已经开始用“水库”来形容喜欢和不喜欢的程度了，这种大手笔的形容注定是一场轰轰烈烈的喜欢。而我好像没有。

于是我转移话题说，你电脑学得怎么样了？

外婆戴着老花镜，手握着鼠标，对着一台六百块的二手电脑说，学到了找屏幕上的鼠标。

我无语凝噎，但表示很满意。

因外婆不会打字，我就给她装了手写软件，然后手把手教她上网。

外婆激动地说，流行，现在网上流行什么？

结果在我的指导下，不小心搜出一堆网络词汇，外婆戴着老花镜一字一句认真地念：马勒戈壁，妈蛋，吊炸天……

外婆往上一推老花镜说，果然是网络，我一个字也看不懂。

我说，没事没事，不用懂。

虽然外婆的电脑水平还停留在找屏幕上鼠标的阶段，但是觉悟已经上升到了大四写毕业论文的境界。村里组织老年人猜灯谜活动，外婆第一反应就是，网上去搜。

我帮她搜了所有的谜题，结果外婆大开杀戒，全部猜对，名扬村庄，将那些牙膏、牙刷、肥皂、毛巾等小奖品全部收入囊中，最后又将那些奖品一一分送给村民。

外婆说，我不缺牙膏牙刷肥皂毛巾，我只是试一下，网络厉不厉害。

那一阶段，外婆发扬了“凡事问度娘”的精神。

有一次我在外婆家吃饭，突然外面电闪雷鸣，狂风暴雨。外婆立即放下手中的碗筷，冲到电脑旁。我以为她要拔掉那些插头。

外婆挥了挥手说，赶紧过来，帮我查查，为什么会打雷下雨。

结果关于这个问题，百度的头条答案，是《海尔兄弟》的主题曲歌词。外婆一脸纳闷地看完了歌词，然后默默地走到饭桌边吃完了剩下的饭菜。

那段时间外婆努力学习电脑知识。还一直急切地打电话让我去她家。

外婆这么急切一般都是电视机或者洗衣机又不会开了，然后大部分原因都是因为插头没插好。我那一次过去，发现外婆在隔壁年轻人的帮助下从电脑里摘抄了“谈恋爱十条法则”“男人必须做的十个细节”等一大堆东西。外婆一脸认真地让我多学习学习，我只能假装如获至宝。

有一个晚上，外婆又打我电话了，急切地说，你有没有空啊？

我说，上次抄的我都还没学习完呢。

外婆停顿了一下说，不是，脚被钉子扎到了……

我说，你等着，我过来带你去医院。

我开车到外婆家，已经晚上十一点多了。

外婆说，你就帮我在电脑上查一下脚被钉子扎到了怎么办就好。

我说，这种时候你还想着电脑。

外婆一瘸一拐地上了我的车。在宁波二院的急诊室打了破伤风，然后挂点滴。

外婆坐在十二点多空荡的输液室内，说，难得的夜生活啊。

我说，你饿吗？

外婆说，不饿，有四个煎饺，一碗拉面，就好了。

我说，等挂完吊针吧。

外婆大概学了一个多月的电脑，基本能熟练地控制屏幕上的鼠标了。这期间经常打开各种莫名其妙的窗口和页面，死机多次，关机直接拔插头，手法干脆老练胜过诸多程序员。

外婆说，她也没觉得上网有多么有趣，不知道能干吗。

有一天我看她一个人戴着老花镜坐在电脑面前，一直盯着Windows经典的草原屏幕背景。

我说，你在干吗？

外婆说，我在看风景。

我突然不知道说什么。

外婆扭过头对我说，这电脑里就这个最好看了，蓝天白云，青山绿草。

我突然想到一个方法，就是将家里人的照片翻拍然后传到电脑上，设置成了桌面背景。

当第一张我小时候和外婆的合影出现在屏幕上的时候，外婆张大嘴巴看了好一会儿说，这个好，这个好。

于是我教她如何把照片设置成桌面背景，教了五遍，外婆说，还是记不住啊。

我说，以后我定期来给你换照片吧。

外婆说，好，我看别的功能也不用了，就看看照片好了。

外婆戴上老花镜，仔细对着电脑屏幕，一张照片能看很久很久。当我看了一会儿肥皂剧，会发现外婆还对着一张照片仔细看着。

外婆说，每个人都会随着时间变得不一样，譬如你看着三十年前自己的照片，会有什么感觉？

我说，三十年前还没有照相机能拍到我。

外婆说，哦对，你还这么年轻。

我说，人在三十岁以前，差个一年区别还是挺大的，但是到了老年，譬如六十九岁和七十岁也没什么差别了。

外婆说，七十岁可以办老年免费公交卡，六十九岁不能。

我说，你说得好有道理。

我说，但人随着年龄越大梦想也就越小。

外婆说，这话不对。

我说，那你现在梦想是什么？

外婆说，活到八十岁拿高龄补贴。

我说，这也算梦想吗？

就这样，这台二手电脑成了外婆看照片的工具。但是由于长时间采用直接拔插头这种粗暴的关机模式，这台电脑终于坏掉了。

外婆说，不让看就不让看，卖掉它！然后突然转变话题说，那个放水姑娘怎么样了？

外婆这种信手拈来的称呼方式真的让我不知所措。

我说，放水姑娘估计还在放水吧。

外婆说，有一句话怎么说来着？

我说，不是你的就不要强求。

外婆说，不，珍惜水资源，就是珍爱生命。

外婆总会出乎意料地说一些莫名其妙的话，但是总莫名其妙地那么有道理。

外婆告别了她短暂的网络生涯，有时候就站在窗边看看窗外的景色，这比Windows的景色真实了许多。

南方的夏季多雷雨，当窗外电闪雷鸣，风雨大作时，外婆看了一眼开不了机的电脑，突然捂住了我的耳朵。

小时候，打雷的时候，外婆总会第一时间捂住我的耳朵，我就害怕地看着外婆说，你不怕吗？

外婆说，我耳朵小，听不到。

我说，那是我的耳朵大吗？

外婆说，是的。

我说，那我是猪八戒吗？外婆微笑着揉了揉我的耳垂。

那一天狂风暴雨，雷电交加，感觉自己什么都不会害怕，一切都是那么温暖且美好。

多年以后，我们所谓的长大成熟，成功地学会了多项技能，却有很多次躲在一个恶劣的天气里，面对生活的暴风雨，孤独或害怕得寸步难行。

终将远去的旅行

外婆要去上海看她的哥哥。我准备开车带她去。出发前，她在那边扳着手指数，一，二……

我说，两年没见了？

外婆说，二十年。

这个数字外婆说得很淡然。

人在小时候，想得很少，一个手指代表一天。到了我们现在，一个手指经常代表一年。到了外婆这个年龄，竖一根手指就是十年。

我感慨说，人生最多也就十根手指，一晃就没有了。

外婆边整东西边说，还有十根脚趾。

外婆出门没有我这么潇洒。我无论去多远大包一背就走了。宁波和上海也就两百多公里，外婆却准备了三天，把那个古老且充满年代感的黑色手提包塞得满满的。

我说，你最远去过哪里？

外婆说，城隍庙……好像再过去一点吧。

我说，哈哈哈，开车半小时就到了。

外婆说，上海的城隍庙。

我笑声戛然而止。

外婆说，你呢？

我说，印度洋上的一个岛国。

外婆说，那也不远。

我说，比你远多了。

外婆说，再远你都在我的心里。

说完外婆让我过去摁住那个手提包，嘴里喊着“三二一”，然后滋的一声，终于把拉链拉上了。

此时夜幕降临，外婆拎起旧旧的手提包说，出发。

然后嘣的一声手提包的拉链崩开了。

外婆和我找出绳子扎了十多圈，然后向我伸出五根手指。

我一惊说，这包五十年了？

外婆说，不，我是停的意思，再扎下去就解不开了。

为了避开上海的限行和高峰期，我们选择在晚饭后出发。六点左右我们的车子驶上了杭州湾跨海大桥。在我们的两边，是漆黑的海面，以及跨海大桥上连绵起伏的灯光。

我说，两边就是大海。

外婆望着漆黑而又空旷的海面说，大海汪洋，忘记爹娘。

此时车里正在播放张震岳的《再见》，我说，怎么突然说这话。

外婆说，我就随便背一下老话。然后说，有点冷，空调再开高一点。

我伸出手，她一挡说，你好好开车，我自己来。

突然车里歌声大作，我说，按错了，这是声音按钮。

外婆“哦”了一声，继续换了一个按钮，我说，这是收音机。

我说，还是我来吧。

外婆说，会爆炸吗？

我把着方向盘说，这倒不会。

外婆说，那就再让我研究研究。外婆在充满旋钮和按钮的中控台，摸索了半天。其间开关音乐好几次，还滋滋滋地搜出各种波段。当我开过夜晚的杭州湾之时，外婆终于找到空调按钮把温度调高了一点。

汽车驶入上海的高架，周围高楼密布，灯光璀璨。外婆像个小孩一样看着窗外。

我说，又想到了什么老话？

外婆说，过去看不到这些，没法用老话说。

我和外婆在上海待了五天，和她的哥哥一起叙旧，然后外婆被哥哥带着茫然又惊奇地穿梭在这座被称为“魔都”的城市。

在上海的南京路步行街，外婆站在一头金牛面前说，给我拍一张照片吧。然后伸出剪刀手，在繁华的城市里苍老地笑着。

她说，照片都要打印出来。

我说，手机电脑上都可以存着。

她说，这些东西都要丢，照片打印出来，我可以裱框，或者放抽屉里，或者枕头下面，永远不会丢。

外婆用五天的时间，和哥哥讲完了二十年的故事。其实外婆说也没讲什么。很多东西也记不清楚了，只能祝各自今后一切安好，如果大家都能活得长一点，那就选个地方再见。人生不过如此，远去的和未到来的，都是躲不过的执念。

外婆依旧提着她扎了十多圈的手提包说，阿挺，咱们回去吧。

我们在下午离开了上海。在高架上，外婆看到了上海的东方明珠塔，还有徐家汇各种魔幻的高楼。我曾经在自己的文章里写道，这一切象征了上海的巨大和庸俗，而此时外婆一直侧着头安详地看着窗外。开过了一大半的跨海大桥，她突然说，我听到了潮水的声音。

我笑笑说，嗯，我也听到了。

潮水声过后就出现了李健的声音：小时候妈妈对我讲，大海就是我的故乡……

外婆一扭头说，哎呀，原来是收音机里的啊。

我说，你醒了？

外婆说，我一路都没睡着啊。

外婆说，她一路都在数数，数完徐家汇的高楼，就数跨海大桥上的路灯。据外婆统计，徐家汇有四十六幢高楼，跨海大桥上有三百四十七盏路灯，时代真的不一样了。

我说，你第一次来上海的时候是怎么样的？

外婆说，我的头发还全是黑的。

我说，那第二次呢？

外婆说，就是现在。

外婆和我讲，她的哥哥十几岁就到上海来当学徒。那个年代有一大批宁波人去上海。她还记得那一天和自己的父亲一起到宁波的江北岸，陪哥哥上了开往上海的轮船。汽笛声一响，她和父亲在江北岸和哥哥挥手告别。那一声汽笛声至今都令她印象深刻。

半个多世纪过去了，江北岸的水依旧向东流向大海，而岸边的一切早已变了模样。那个可爱的小姑娘变成了外婆，那个巨大的候船厅变成了宁波美术馆。

外婆和我讲往事的时候，我在高速上错过了宁波的段塘出口、大朱家出口，最后只能在甬台温复线的咸祥出口驶出了高速公路。

此时夕阳西下，我的汽车行驶在宁波象山港畔的沿海公路。在右转弯的时候，外婆还突然伸出一只手不停地挥着，我说，你挥手干吗？

外婆说，让别人知道我们要拐弯了。

我说，我拐了这么多次，你现在才伸手。

外婆说，我看到后面有一辆电动车。

我说，那我左拐你怎么办？

外婆说，左拐你伸手。

我脑海里突然浮现，上世纪七八十年代一个年轻人，骑着一辆二八自行车，左右拐弯时的提示，就靠两只手不停地挥啊挥。

我们透过车窗，能清晰地看到象山港的海水，以及对岸的群山。

外婆看着山和海，问我，山上有什么？

我说，山上什么都没有。

外婆问，海里呢？

我说，海里也什么都没有。

外婆笑笑说，变大人了。

二十年前，我总问外婆山上有什么海里有什么，外婆说有山神公公和东海龙王，然后可以和我讲一天，现在不一样了，什么都没有了。

此时车内正在播放张国荣的《似水流年》：浩瀚烟波里，我怀念，怀念往年，外貌早改变，处境都变，情怀未变……

我将车往市区方向开的时候，打开车窗，初冬的海风也显得有一丝温暖。

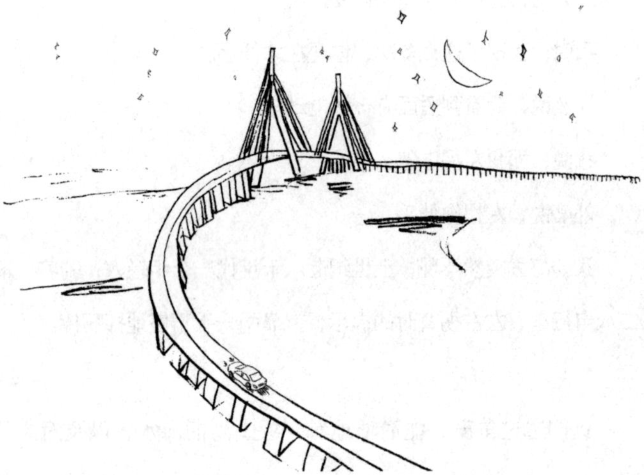

我突然想起一件事情。很小的时候，清明时节左邻右舍小朋友会跟着大人去山里扫墓。我因为爷爷奶奶外公外婆都健在，所以不用去扫墓。但我羡慕那些小孩子可以出去郊游，就问外婆，为什么我不用去扫墓啊？

外婆把手抬到半空中说，信不信我打你。

我说，打完了就可以去了吗？

外婆把手放下来，把我揽到怀里说，为什么想去扫墓？

我说，可以去爬山，摘杜鹃花啊，抓小蝌蚪啊。

外婆说，很久很久以后，你就可以去了，乖。

很久很久以后的2007年夏天，我的奶奶去世了。我和堂哥坐在深夜的路边吃着烧鸭面，不发一语。突然，想起小时候外婆的这句话，但愿很久很久以后是个永远不会到来的时间。

此时外婆歪着头真的睡着了，夕阳将最后一点余晖落在她布满皱纹的脸上。

这世间的一切终究是一场慢慢远去的旅行。

我们还有很多地方没去，很多事情没做，很多人没见，我们以为总有一天我们能去，能做，能见，但事实上最后我们往往是去不成，做不了，见不得。

温暖的边境消息

那一年，我没什么事情干，就准备环游世界。

我买了一个大包，里面胡乱塞了一些东西，然后就背着这个穷游大包去向外婆告别。

外婆见我来了还背着这么大一个包，就说，来就来，不要买这么多东西。

我抱紧大包尴尬了三秒，只能从包里翻出准备在火车上吃喝的一瓶脉动和一包苏打饼干意思意思，说，来，给你。

外婆说，都放回去，一会儿我拿个大袋子来装就行。

我忙将包的拉链拉上说，我一会儿得出趟门。

外婆说，去哪，小菜场买菜啊。

我说，先坐两天火车到广西，然后坐汽车去河内，再坐汽车到岘港……

外婆说，这门也太远了，天安门啊。

我说，比天安门还远。

外婆说，哦。

我说，我还没说完。

外婆说，你说了我也不知道是哪里，别说了。

外婆转身取过一张纸头递给我说，我准备去上老年大学，你说我学什么好？

我接过老年大学的课程表一看，上面写着外语，书画，摄影，医学保健，计算机应用，音乐，舞蹈，插花，烹饪，等等。

我说，书画，摄影，音乐，舞蹈最有艺术气息。

外婆说，这些东西我年轻的时候搞搞还可以，譬如六十岁的时候。

我咽了一口水说，那我离年轻还很远。

外婆说，对啊，六十岁以前你们全是幼稚的小朋友。

我说，现在联合国规定二十四岁以后都算是中年人了。

外婆问，联合国是什么？

外婆边说边进进出出房门很多次。我说，你走进走出干吗。外婆说，这不是让观音菩萨保佑你出去平安吗。说完又走进了厨房，三秒后又走出来说，哎呀走错了，那是灶神，年纪大了脑子不好使了。

外婆站在原地拍了一下脑门说，好了，这样，你吃个午饭，我做几个好吃的。

我说，我十一点半的火车，一会儿就得去火车站了。

外婆愣了一下说，那好，我送你。

我说，别送我啊，你都不知道火车站怎么走。

外婆说，我就送你到门口。

作为年轻人我还是想得太多。

外婆就站在门口看着我离开。她还朝我挥挥手，手里还拿着一个塑料袋。出一趟远门老人家总会特别想念。记得很久以前我爸接我回家，她就站在门口，我坐在我爸自行车后座，扭着头看着外婆慢慢变小，直到一个拐弯外婆就消失了。

此时，外婆突然又跑上来拉住我。

我说，真没事，现在交通这么发达，如果我坐飞机，一天就可以回来了。

外婆看着我说，哦，这么快。

我说，从地球的一端飞到另一端都不用一天。

外婆举起塑料袋说，好了，我们不说这个了，你包里的东西忘记给我了。

我一脸愕然。

我又拿出那瓶脉动和那包苏打饼干，外婆装进塑料袋说，还有呢？

我看看里面一大包换洗的衣服和两桶康师傅泡面，一脸尴尬地看着外婆，外婆拎着塑料袋说，没啦？行，那你去吧。

外婆转身要走的时候又转过来说，你这么可怜？要不还是给你吧？

那一天，十一月的深秋，我爬上了去广西的绿皮火车，两天后又坐汽车去了越南。在越南首都河内，我买了一张电话卡，给外婆打了一个电话。

外婆说，你谁呀？

我说，你猜啊。

外婆说，卖房子的？

我把手机换到右耳说，我是阿挺啊。

外婆一激动说，哦哦哦，阿挺啊，你现在在哪里呀？

我说，在河内啊。

外婆说，河……河内？在河里面呀？

我说，越南首都啊，就跟中国北京一样。

外婆恍然大悟说，哦哦，那好的，有好吃的给我买点回来啊。

在我很小的时候外婆就对吃的念念不忘，譬如，她把好吃的都给我吃，然后假装自己都吃过了。

挂了电话之后，我的这张卡就欠费停机了，手机只能蹭WiFi才能和人联系。接下来的日子我和那些欧美背包客挤着深夜大巴，由北往南穿越了越南的大部分城市。这些日子，我离开了WiFi，大部分时候手机只能用来听歌和看时间。

在越南度过了半个多月的黑夜和白天，在西贡机场连上WiFi的时候，我快速看了N条微信消息，随手加了几个新朋友，然后就关机登上了去会安（越南中部）的飞机。从会安我又坐了一辆国际大巴去了老挝。

此时，我离开了背包客聚集地，离开了东南亚所谓的美元聚集区。我和一帮语言不能互通只能靠肢体和情感交流的越南人老挝人挤在车厢里，饿了吃一块饼干，困了躺在通铺里，醒了看看窗外。

这一路，崇山峻岭，旷野荒芜，驶过无人公路，开过两国边境。

在深夜到来的时候，汽车停在离边境不远的一条土路边。我们下车，四下一片荒芜漆黑，只有孤零零的两间小房子。我们在这里吃饭，上厕所。一路饥饿困顿的我，面对正宗的老挝饭菜，顿时胃口全无。

我在屋子外面对着看不到边的黑夜撒了一泡尿，抬头看到了这辈子从没见到过的星空。我不知道和谁去说这美丽的星空。我本能地拿起手机，发现竟然连上了WiFi。有一个新加的微信空白头像的人连续给我发了六七条语音。

我按下第一条，里面接连传来温暖的声音：

阿挺啊，我是你外婆啦，你还好吗？哈哈哈哈哈。

你现在在干吗？吃饭了没有呀？

国外东西好不好吃？天气越来越冷，睡觉要盖两条被子。

外国人讲话你都听得懂吗？好吃的给我买了没呀？

衣服够穿了吗？出门手套帽子都要戴好。

外面的风景漂亮吗？你全都去过了吗？

此时，屋内昏黄的灯光里一群越南人老挝人正在狼吞虎咽，而我一个人靠在屋外的墙上。

在这异国他乡，在这美丽的星空下，东南亚旱季的暖风正吹过我的全身，好像小时候外婆温暖的手臂，揽我入睡。

我看了一下时间十一点多，此时中国时间是十二点多，外婆应该早就进入了梦乡。我看着满天的繁星，给外婆发了一条语音，我是阿挺，外婆，你还好吗？

然后我就看了半小时的星空，所有人吃完饭，准备再次上车。

此时微信有了提示音，外婆竟然发来了语音：哦，阿挺啊，这么晚还没睡啊？

我忙拿起手机说：你怎么还没睡？

外婆回：我睡了一觉了啊，休息会儿，再睡。

我说：睡觉还要休息会儿再睡吗？

外婆回：你赶紧睡觉啊，记得被子要盖牢，脚不要露在外面，手脚都要放到被窝里。

我躺在通铺里说，你不用太想我，我马上就可以回来了。

汽车发动，沿着土路缓缓往前开去，我看着这一条语音转啊转一直没发出去，于是赶紧又加了一句，你早点睡啊，我马上就回来看你，给你买了很多好吃的。

汽车行驶在空旷的黑夜里，这两条语音再也没有发出去。周围的越南人老挝人用带着困意的眼神奇怪地看着我。

我本来打算从老挝飞缅甸，然后再去印度，一路向西。现在我一路回听着外婆的语音，觉得应该先给外婆带点什么吃的东西回去。

我第二天早上六点才到达琅勃拉邦（老挝著名的古都和佛教中心），从琅勃拉邦又坐了十二小时的汽车到了老挝首都万象，从万象又坐了一天两夜的国际大巴终于到了昆明，在昆明我感觉自己很久没睡觉了，在市区匆匆买了鲜花饼然后就坐上了回宁波的飞机。

我没来得及回家，就带着五盒鲜花饼去了外婆家。

外婆上上下下端详了我很久，才打开盒子拿着鲜花饼咬了一口说，哇，这么好吃？

我被这一声“哇”吓了一跳。

外婆说，哪个国家带来的？

我支吾说，老……老挝。

外婆说，名字这么难听，东西倒蛮好吃的。

说完，外婆就一口一个，然后也给我一个，我说，我吃过了，一路鲜花饼吃过来的。

外婆嘴里塞着鲜花饼说，莫骗我哦。

那一天外婆吃了大半盒的鲜花饼，边吃边拿出一部搞促销送的国产智能机说，我也会弄微信了，对了，我老年大学准备学计算机，以后和你随时沟通。

我打开这部智能机，只见界面就是和我的微信对话框，我随意地按着返回键，退到桌面。

外婆一把夺过手机说，你这干吗，都把我弄掉了，我还怎么和你聊天？

我说，你可以再打开微信啊。

外婆说，太复杂了，隔壁年轻人教我的时候就说这样别动，想和你说话的时候就按住说话，听的话按一下就好了，现在全被你弄没了。

我又打开微信，回到外婆和我的对话框。

外婆说，对，就这样，别动它了。

在这个世界上，永远把和我的对话框作为手机界面，这就是一部智能机对于我外婆的全部意义。

她左手拿着那部廉价的国产智能机，右手拿起一个鲜花饼，说，真好吃，下次再给买一点，好吗？

二十年前，我也是这样，在外婆家，啃着肯德基的大鸡块对外婆说，真好吃，下次再给我买一点，好吗？

大团圆和小别离

2008年刚毕业的时候，老枪和我谈一个两个亿的项目，谈了一个多小时，我都快睡着了。

突然老枪说，就这样，先借我五百块吧。

我瞬间就清醒了。

那段时间没钱，就经常在外婆家蹭吃蹭喝。实在没办法就问外婆借个几千块。

外婆说，人不能不劳而获，君子爱财取之有道。

这话说得我略尴尬。

说完外婆就拿出一副扑克牌说，来，比大小，五百块一局。

我从没见过这么大岁数的老太太还玩这么大的。

我一直输，就一直欠着，一直玩到两千块一局，我终于赢了。

外婆回房间拿出钱数了数说，拿去，多请女朋友吃吃饭。

我说，也请不了几顿。

外婆说，这什么女朋友，这么能吃？

我说，是吃饭太贵。

外婆说，那再来几局。

我说，有钱了马上还你。

外婆说，输给你的，不是借给你的。

说完就去喂狗了。

那时候我在路边捡了一条流浪狗，打算养到外婆家去。

外婆一听要养狗，就在电话里说，不要给我啊，你带回来我就把它扔出去啊。

我说，它太可怜了。

外婆说，哪有你可怜，自己都养不活，还养狗。

我说，所以让你帮我养一段时间。

外婆说，我也只会养自己。

我说，可是它一直跟着我，可怜地看着我，没人养就要死了。

外婆说，眼睛一闭，赶紧跑。

我说，我跑不过它。

外婆说，要少吃多运动。

最后我还是把这只流浪狗带到了外婆家。外婆一开门，看到面无表情的我，和一只可怜巴巴的小狗。

外婆扶着门说，人家回外婆家都带着一只鸡啊鸭啊，你就带了一只狗。

我说，都是动物，也没什么区别。

外婆说，鸡我可以吃，狗，我还要买一只鸡给它吃。

那小狗一进门就到处转悠找吃的。

外婆一声令下，过来！

那只小狗就站到外婆面前。

外婆又一声令下，坐下！

小狗摇了摇尾巴就坐下，乖巧地看着外婆。

外婆突然笑着说，哈哈，还挺乖的，比你乖多了。

不到两天外婆已经和小狗和谐共处了。还给它取了一个名字，叫阿旺。

我说，这名字太土了吧。

外婆说，时尚的它也听不懂。

那一阵子正逢2008年北京奥运会。外婆电视上天天放着奥运会的直播。

看完体操外婆就说，阿旺，来，翻几个跟斗。

看完跨栏，就搬出一把小凳子说，阿旺，来，跳过去。

看完游泳项目，就打满一脸盆的水说，阿旺啊，快游。

那时候的阿旺，就呆呆地站在水深十厘米的脸盆里，一脸茫然地看着外婆。

奥运会过后，阿旺也学会了很多技能。

有一次吃饭的时候，外婆要先喂阿旺吃东西。

阿旺一直不吃，外婆就一直哄它。

最后就抱着它说，阿挺啊，哦不，阿旺啊，乖，吃饭才会长大。

我一脸尴尬地低头扒着饭。

阿旺在午后看门，陪外婆买菜，还会追捕老鼠，或者就那么静静地躺在外婆身边。

外婆只要一叫阿旺，它总会乖巧地抬起头看着外婆。

有一天夜里，村里有人喊抓贼，外婆才开一条门缝，阿旺就一溜烟跑了出去。外婆也跑了出去。

我说，你跑什么，抓贼哪需要你这样年纪的人？

外婆说，我是去追阿旺，抓贼哪需要阿旺这样的狗？

我说，阿旺这条狗不行吗？

外婆说，万一是偷狗贼呢？阿旺被偷了怎么办？

我说，阿旺真单纯。

外婆说，社会太复杂。

2009年秋天的一个午后，外婆习惯性地叫了阿旺之后，阿旺没有反应。

外婆打电话给我说，阿旺死了。

外婆一个人抱着阿旺走出村庄，找了一个地方把它埋了。外婆还对着它鞠了一个躬。

那天晚上秋风清冷，我一粒粒地吃着外婆炒的花生米。

我说，你难过吗？

外婆说，有点空荡荡。

我说，埋了它之后你有对它说过什么话吗？

外婆说，狗粮还没吃完，狗已经没了。

我说，那怎么办？

外婆说，鸡胗，鸡肝，鸡腿，都给你吃了。

我说，我怎么吃的跟阿旺一样。

外婆说，阿旺可是我的左膀右臂。

我说，哦，我还不如阿旺。

外婆说，你是我的心脏和大脑。

我说，一年前，你还死活不让我把阿旺带回来，现在倒这么有感情。

外婆说，我这人特别有感情，上次一条鱼死了，我都难过了半天。

我说，不会吧？

外婆说，哪儿不会？那条河鲫鱼，早知道早点把它给吃了。

竟然是一条河鲫鱼，我又接不上话了。

我说，那你不适合养任何东西。

外婆说，对啊，养人也不行，养大就全各自走了。

我说，我不是在吗？

外婆说，你还没养大呢。

我……

外婆说，以后还是养乌龟吧，吃得少，活得长，也不用怎么管它。

后来我就给外婆买了一只巴西龟。结果不到一周就死了。

外婆看着乌龟说，什么？死了？我还以为它准备冬眠。

我说，这一看就死了。

外婆就拿在手里左看右看。

我说，别看了，扔了吧。

外婆说，我感觉你买了只甲鱼。

那一年冬天，我喝着外婆熬的热汤，又接到老枪的电话。他告诉我，他的一个铁哥们投资六千万弄了一个文创产业园区。

我说，关我屁事，五百块呢?

老枪说，别激动，直接跟你说吧，我有一个赚钱的办法。

我说，我有一百个赚钱的办法。

老枪说，一千，就借一千，明年春天之前就还你，不，明年春节之前就还你。

我说，不借。

老枪说，八百，看在兄弟的面子上，就八百。

我说，八十块都没有。

老枪咽了咽口水说，信不信之前五百块也没了。

我说，哎，老枪老枪，别激动，有话好好说。

老枪已经把电话挂了。

我正打算把电话拨回去的时候，发现外婆已经把两千块放到桌上了。

我说，成年人怎么能花长辈的钱?

外婆说，借给你。

我说，我不需要啊。

外婆说，你朋友需要。

我说，绝交。

外婆说，谁没有困难的时候。

我说，主要他没钱。

外婆说，我这么大年纪了都没什么钱，年轻人没钱很正常。

那一年春节还没到来的时候，我和我妈一起在外婆家做汤圆。老枪就急匆匆地打我电话说把借我的钱还我。我出门走了十多米，看见一辆东风小康面包车，往里面看了看，没有人，我拿起手机问，车在，人呢？

老枪立即轰了两脚油门，我看到一辆两百多万的保时捷911停在前面。老枪这个人平时虽然没什么钱，但是狐朋狗友一堆，旁门左道无数。

我走过去问，这车哪里借来的？

老枪递给我一千五百块说，不要说“借”这个字，今天我在开，就是我的。

我发现副驾还坐着蕾蕾。蕾蕾比上次打扮得更好看了。

这时候外婆也走出门来，老枪很热情地和外婆寒暄了一阵。

外婆还围着车头转了半圈说，这车子很好吧？

老枪说，两百多万吧。

然后看了一眼蕾蕾又看着我说，3.6T涡轮增压，480匹马力，百公里加速4秒……

外婆又看了看车说，能坐几个人啊？

我说，两个。

外婆说，隔壁阿龙的面包车都能坐七个人。

我说，不是这样子的……

外婆说，挤挤还能坐十多个人。

老枪赶紧点火说，那这样，我先走了啊。

回去的时候，我把钱还给外婆。

外婆说，两百多万坐两个人，屁股金子做的啊。

我说，有钱我也要去买一辆。

外婆说，有钱最好买十辆，不然家里这么多人怎么坐得下。

我说，嗯，买个十辆。

外婆突然说,万一真的只有一辆,旁边一个位置你留着给谁坐?

我说，你都这么问了，当然给你坐啊。

外婆揉着汤圆说，你看，没女朋友的人都这么说。

我说，关键是没车。

外婆说，好了，什么也别说了，现实点，吃汤圆吧。

那个夜晚，离过年还有一周的时间，我们一家人坐在一起吃汤圆。

此刻，很多人正在经历各种相聚和离开，那些大团圆，那些小别离。

当我们沉浸在自以为是的重要当中，外婆却夹着汤圆到我碗里说，阿旺，哦不，阿挺，趁热吃。

蓦然发现，这世间的一切温良美景，正慢慢地消融在那些我们无暇顾及的泛泛时光里。

那些温暖如春的秋凉

2014年的一个秋天。外婆站在村路边和邻居神侃，一辆小轿车缓缓开过来，撞到了外婆的小腿。

女司机惊慌失措一个急刹，立即下车，关切地问，你腿没事吧？

外婆一脸痛苦地捂着腿说，你车没事吧？

女司机目瞪口呆地看着外婆。

外婆就这样被送进了医院，躺了一个多星期。我和我妈有空就去看看她，大部分时候她就一个人待在医院里。

她说，你们都别来看我，搞得我像生了什么大病似的。

我打电话给她说，午饭吃了吗？

外婆说，楼下的兰州拉面太难吃了。

我说，那明天让我妈做点带过来。

外婆说，那不用，还可以吃三江源拉面。

我说，腿可以走路了？

外婆说，一直都可以走啊。

我说，那还住院干吗？

外婆说，给医生观察观察。

外婆住在医院的那几天，没事就和隔壁床的老太太看看电视剧唠唠嗑。隔壁床的九十多岁了，气若游丝，行动不便。

这时候外婆七十多岁年轻人的优势就发挥出来了。

外婆经常趴在她床头说，老年人啊，一定要注意保重身体。

那老太太就缓缓转过头呢喃一句谁也听不懂的话。

外婆说，要看什么节目啊，我给你换频道，这个好不好看？

老太太就点点头。

外婆在医院按捺不住，到处转悠，经常在走廊上好奇地看看别的病房。

她还跟我说，隔壁间有一个老大爷，老年痴呆了，什么都记不得了，什么都不认识了。

她说，你说我以后会不会变这样？

我说，肯定不会。

她说，要真的这样，也太可怕了。

我说，别怕啊。

外婆说，那倒也是，真要这样了，我自己反正也不知道了。

我说，所以你不要担心。

外婆说，哪一天我不认识你了，你也不要怕啊。

一天中午，外婆打着点滴躺在床上。

我说，你睡吧。

过会儿外婆就抬头看看。

我说，赶紧睡会儿啊。

外婆躺下没多久，又抬起头。

我说，我在这里你怕什么？

外婆说，你看，点滴已经没了。

我说，哦……

外婆住院期间，还自带老年公交卡。在医院住了三天，就偷偷坐公交准备回一趟家。

她打电话问我怎么坐公交车，我说你坐12路在大卿桥站上车然后坐到终点站就行了。结果她方向坐反了，坐到了另一头的终点站。

下车看了一圈，一片陌生，于是底气十足地和司机说，喂，你开错了。

司机一脸愕然。

外婆出院之后，加强了锻炼，似乎对健康的重要性有了新的认识。

我去外婆家的时候，时常看到她站在院子里，做各种摆臂，抬头，扭头的动作。还自带口令，一二一，一二一。

我说，你少动啊，万一又扭了。

外婆说，这医院去过一次，算是见了各种病了。

我说，你别自己吓自己。

外婆左手转着两颗银弹珠，一脸的若有所思。

我说，你转这银弹珠干吗？

外婆说，防止老年痴呆。

我说，你别多想了。

外婆说，那五百块钱，我怎么都想不起来放哪里了。

我说，钱应该存银行。

外婆说，不不不，家里最安全。

我说，肯定是银行最安全。

外婆说，你人怎么不存到银行去。

外婆将那些现金放在家里各个隐蔽的角落，通常电表箱里有三百块，抽屉的夹缝里有五百块，床垫下面平铺一千块。

我说，躺在钱上的感觉很好吧？

外婆说，一千块能有什么感觉？

我说，嗯，多少钱躺着才有感觉？

外婆说，把一千块叠起来，那感觉明显。

我说，嗯，你厉害。

外婆翻箱倒柜找不到那五百块，呆呆地说，我是不是老年痴呆了？

我说，你能藏得自己都找不到，这说明了什么？

外婆看着我说，战胜了自己。

这逻辑甩了老年痴呆三条街。

外婆偶尔也会关注保健品。路上遇到保健品推销，也会驻足看一会儿。

推销妹子说，奶奶啊，最近头晕脑涨吗？

外婆说，没有啊。

推销妹子说，那有没有腰酸背痛？

外婆说，没有啊。

推销妹子继续说，那睡眠不怎么好吧？

外婆说，也没有啊。

推销妹子说，那晚上容易做梦吧？

外婆说，这个倒是有。

妹子迅速拎出两盒大包装说，只要四个疗程，保证一夜无梦，只需699。

外婆看了看保健品说，不做梦有什么好的？我喜欢做梦。

妹子看着我外婆这样的追梦老人迟迟不知如何开口。

有一次外婆家附近开了一家理财门店。里面的人说，没钱的人，需要钱的人，都可以来看看。

外婆表示，她既没钱，也需要钱。

于是再没有小哥理她，外婆就在那边一个人看了一上午。

我说，一上午都看了什么？

外婆说，看电视啊。

我说，你千万别相信那些卖保健品的，卖理财产品的，很多就是骗你这样的老年人的钱。

外婆说，不是我这样的老年人。

我说，是是是，除你这样的老年人。

外婆继续转着银弹珠说，我什么没见过呀。

这气势就像江湖一姐。

我说，你还见过什么啊？

外婆说，前几天对面人家儿子赌博欠了很多钱，几个人上门来讨债，光头，身上刻着东西，可凶了。

我说，然后呢？

外婆说，然后他儿子也吓死了，一副可怜巴巴的样子。

我说，你是不是关着门趴在窗户后面看了很久？

外婆瞥了我一眼说，我一下就过去了。

我说，一把年纪了还这么冲动。

外婆说，我说你们别以为身上涂着几朵小花就很厉害了，你们这样的我见得多了。

我说，你哪里见的？

外婆说，电视上啊。

我说，你少管闲事啊。

外婆一惊说，咦，那几个光头也说，你少管闲事。

我说，那我们肯定不是一伙的。

外婆说，你要这样，看我不打死你。

我说，我是怕你自己惹麻烦。

外婆说，刘欢的歌怎么唱的？

我说，大河向东流哇……

外婆说，哎对对对，路见不平一声吼哇，该出手时就出手哇……后面呢？

我说，风风火火闯九州哇。

外婆继续唱，嘿儿呀，咿儿呀，嘿唉嘿依儿呀……

于是我在外婆的带领下尴尬地唱完了刘欢的这首歌。

外婆说，怎么样？

我说，嗯，明白了，别人有难，就如同自己有难，一定要不惧一切，鼎力相助。

外婆说，有句话讲，说的比唱的还好听。

我说，我说错了？

外婆说，你是说的和唱的一样难听。

我一脸茫然地看着外婆单手悠闲地转着银弹珠。

我说，这个世界上你有什么特别怕的事情吗？

外婆说，怕什么，从来不怕。

我说，为什么？

外婆说，因为有你外公在啊。

我说，对，外公什么都不怕。

外婆说，你外公怕我。

我说，哦……

外婆说，哦什么哦，男人怕女人是好事啊。

我说，怎么讲？

外婆说，男人怕女人，好人有好报啊。

我说，这话有点勉强。

外婆说，嗯，那你女朋友呢？

我说，你说的都对。

外婆突然有点惆怅地说，前几天，桥头边八十多岁的春华走了。

我说，生老病死，也正常。

外婆说，我在想啊……

我说，你别多想。

外婆说，这老年人和年轻人很多时候也一样啊。

我说，都会面对死亡是吧。

外婆说，都是说走就走啊。

我说，年轻人是说走就走的旅行。

外婆说，电视剧里说，人生就是一场旅行。

我说，好了，别感慨了。

外婆说，所以开旅行社一定很赚钱。

我默默转过头点起了一支烟。照这逻辑能赚过比尔·盖茨。

我说，真正的有钱人都会达到一种境界。

外婆说，哦？

我说，譬如马云，他就说他对金钱没兴趣，也没什么概念，厉害吗？

外婆说，那不是和我一样吗？

我说，的确一样。

秋意渐浓，时光就像一束淡淡的光，冷暖轮回，枝繁叶黄，一切都很轻很慢地向生命的深处走去。那些跌宕起伏，那些曲折离奇，都在外婆家的窗前化作一缕秋风。纵然世事繁杂，亦抵不过一夜秋黄。

送我一次迷途

外婆突然说想出去旅游。我拿着手机查着机票问她想去哪里。她想了会儿说，从月湖穿到城隍庙再到天一广场再到鼓楼。

这一段路步行最多一小时。

我放下手机说，你这不叫旅游。

外婆说，叫旅行吗？

我说，叫出门散步。

外婆拿着她那个迷你小熊钱包说，走啦。

我说，你怎么用这么可爱的钱包。

外婆边走边说，买八斤东北大米送的。

我脑补外婆扛着八斤东北大米怀揣一个迷你小熊包的样子。

我开车和外婆一起到了月湖，她让我把车停在这里，我们步行去绕一大圈然后再回原地。在城隍庙附近，她被小吃店的香味吸引，迈着年老的步伐直冲生煎店的庞大队伍。

排到我们的时候，我拿出手机准备用支付宝付钱。

外婆手一拦说，别，我来。

在忙得跟打仗一样的老板面前，外婆淡定地拿出那个迷你小熊包，拉开拉链，拿出一叠钱，关键钱还用手帕包着，然后小心翼翼地打开手帕的四个角。生煎店火热的空气瞬间冷却，不断向前的生煎队伍也没有了唰唰唰的节奏。

后面的人喊，怎么不动了？老板，火灭啦？

外婆还不忘回头跟后面的人说，年轻人，不急，我数个钱啊。

外婆数完钱，给老板说，你再数数，对不对啊？

老板看也不看唰地给我们一份生煎说，来来来，下一位。

外婆拿着生煎说，现在的人做生意，连钱都不看了。

我说，现在都用支付宝或者微信支付了。

外婆说，那是你们没有钱的人。

我说，怎么啦？

外婆说，你看新闻里讲，贪官被抓住家里钱都是一箱一箱的，有钱人都是用现金。

外婆吃着生煎往天一广场的方向走，由于她吃着生煎，脚步明显放慢。

外婆拿着生煎感慨，生活改变了很多，年轻的时候她也这样走在这条街上。

我说，那变化太大了。

外婆说，最大的变化是，那时手里没有这么好吃的生煎。

于是我往地下通道方向走去。外婆平时住在村庄里，应该很久没感受到这种熙熙攘攘的城市了。每当说起这座城市的时候，她总说，十八岁的时候，我还生活在这里呢，后来就下乡了，这一下乡就是六十年。

六十年，是一朵玫瑰盛开腐烂一百二十次，一架飞机航行十六万小时，是两个三十岁的我。

这世间有太多的事物都无法面对六十年这个跨度。

在地下通道的电梯口，我看着前面说，你慢一点啊，想好了先伸左脚还是右脚，知道了不？

我一回头，却发现外婆不见了。城市人头攒动，却没有熟悉的身影。

出门前外婆带着她那部劣质国产智能机，于是我拼命打她电话，却一直没人接，我又往生煎店方向跑还是没看到人。我想报警，就又给她打了一个电话，这次终于接了，我还没发出声音，里面就传来三个大声的——喂！喂！喂！

吓得我耳朵不敢靠近手机。

我说，你怎么才接电话？

外婆说，不会接啊，我整个手机都快捏碎了，都接不了，最后用手一拍，通了。

我想，这国产机就是牛×。

我说，你去哪里了？怎么不见了？

外婆说，不急啊，走着走着又会见到的啊，对不对？

我说，你告诉我你在哪里，我过来找你。

外婆说，我也不知道啊。

外婆虽然手拿智能机，但她发微信定位，不会，共享实时位置，也不会，不过我教过她拍照功能，于是让她拍一张照片过来看看在哪里。第一次拍过来一块地砖，第二次拍过来一辆汽车，第三次索性来了一个自拍，还发语音告诉我，我很好啊，没事的，慢慢找，大不了月湖见。

在热闹的天一广场，我按下语音键说，你胆子很大啊。

外婆也发来语音，胆子再大也大不过年龄了。

我一个人一路走过天一广场，穿过和义大道，经过中山公园，走向鼓楼。外婆一个人在那边吃完臭豆腐，喝完牛肉汤，啃完老婆饼，还买了一瓶哇哈哈营养快线（娃哈哈营养快线的山寨版）。

在我走到鼓楼钟楼下面的时候，外婆和我说，她发现自己真的迷路了，人还是老了。

我说，你不是一直都不知道自己在哪里吗?

外婆说，我发现我找不到久久天桥了，找了好久都没找到。

久久天桥曾经是宁波的一个地标，1995年建造，2009年拆除。它有四个角八个出口，对于小时候的我而言巨大且容易迷路。外婆曾拉着小时候的我上上下下无数次。

我说，不是你迷路了，是久久天桥已经拆掉了。

外婆没有发来消息。

我最后在久久天桥原址附近的阳光广场和外婆见了面，外婆正拿着那瓶营养快线望着车水马龙。

我说，你喜欢喝这个吗？

外婆说，看到有“营养”两个字我就买了。

我手指着天空说，看到没有，那里就是很久以前的久久天桥。

外婆惆怅地对着天空看了一会儿说，就算取名叫久久，也不能长久。

我和外婆又往月湖的方向走去。路过的一幢大楼的大屏幕上正在播放淘宝广告，马云的身影不断闪现。我对外婆说，看见没有，就是这个人改变了我们的消费方式，让我们用支付宝付款。

外婆抬头看了看说，不认识啊。

我说，你知道他有多少钱吗？一千亿，不对，两千亿。

外婆似乎瞬间没了数字概念，皱着眉头说，你刚说一千块还是两千万？

我没有办法跟外婆解释，只能说，这世界上的机会都是留给有准备的人的。

外婆说，幸好我没准备，不然给我机会也不知道怎么办。

我们就这样走到了月湖。在月湖边，外婆重温了她小时候的时光一直到她的十八岁。月湖边的老宅，院落，街巷，似乎一切又重新回到了外婆眼前。

我脑海里突然浮现外婆十八岁离开家的那一年。

那一年，当大樟树的落叶晃过月湖的热闹秋凉，小姑娘已成了暖冬的南方姑娘。

夜幕降临的时候，我问外婆，什么时候走？

外婆说，十八岁。

我说，我们什么时候走？

外婆说，你去把车开过来，我在这里坐着等你。

我指着车说，车就在你后面，我门都给你打开了。

外婆坐在我的车里，我问外婆饿不饿，晚上吃什么。外婆眯着眼睛对着瓶子把营养快线的广告词念了一遍，香浓牛奶，纯正果汁，15种营养素，健康活力每一天。

然后问我，你说我喝了这个还会饿吗？

我往外婆家的方向开去。外婆看了一会儿夜幕下的街景说，还有多久到家？

我深踩油门说，快了，不远了。

外婆说，慢慢开，不是希望快点到，是希望不要快点到。

我踩了一脚刹车说，去外滩怎么样？夜景不错。

外婆想都不想地说，好。

去外滩怎么样？以前这句话我都是跟冠明哥说的，往往说完这句话，我和冠明哥两个就猴急猴急杀进了酒吧，最后哭爹喊娘或者边谈哲学和人生边扶着江边的栏杆走。

我和外婆到达外滩却是另一种场景。她说以前这里就是轮船码头，宁波著名的江北岸，问我知道历史吗?

我说，1844年宁波开埠。

外婆说，别说这么早的事情，1844年我都不知道，你知道什么呀?

我……

外婆告诉我，1954年的时候，她的哥哥就是从这里登船出发去上海。外婆望着江水，说当时她自己就是这么看着轮船慢慢离开的，这轮船把一船一船的宁波人带到了上海，亲人之间，相隔茫茫大海，有些人几十年未见，有些人一辈子都没有再见。

此时，江边有几个姑娘在以外滩大桥为背景合影自拍。外婆看着那些靓丽的脸庞说，一会儿我也站那边，你给我来一张。

外婆吹了十分钟的江风，对我说，怎么拍张照片现在还没拍好?

我说，现在的人拍一张照片需要各种姿势和角度，还有闺密在前我在后等各种复杂的位置关系。

外婆从迷你小熊包里掏出一张全家福说，这张照片，就咔嚓花了一秒钟时间，那时候你才六岁。

我说，你一直带在身边吗?

外婆说，白天买完生煎过了一会儿我看钱包时发现这张照片不见了，然后我就掉头去找，生煎店门前也没有，可能是最开始付钱的时候在那里掉的吧，后来被风吹啊吹，在这么大的一个城市里，这么多人的地方，还是给我找到了，找到了我就不心急了。

外婆站在江边，背后是霓虹闪烁的外滩大桥，一张苍老祥和的面容替代了刚才一群青春靓丽的脸庞。我给她用手机拍了一张照片，她看着照片说，可惜当年没有照相机，不然也可以和刚才那些姑娘一样，在这里留下一点年轻时的样子。

我的车驶离外滩，一直往南开，开上了南环高架。在高架上车子报警声响起，水温变得很高，我停车查看发现水箱漏水，车子无法继续前行，只能打电话给保险公司，坐等拖车过来。

我站在车边和外婆说，没事，拖车马上就来，今天感觉怎么样？

外婆转头从高架上看着城市说，好漂亮，我第一次站这么高看高楼大厦。

我说，是吗？

外婆说，是啊。

在外婆看来，这世界上很多话，说过就忘了，有空再来，有机会再见，有时间再碰面，外婆这辈子听了很多这样子的话，现在外婆快八十了，很多人都再没有空，也没机会，没时间。

我说，突然这么感慨?

外婆说，今天是我的生日。

我瞪大眼睛说，你怎么不早说?

其实我记得外婆的生日，但是我却忘了今天是几月几号。

外婆说，早说的话你就要给我庆祝啊吃饭啊买蛋糕啊，本来想到家说的，现在你的车也坏了，所以说说也没关系。

拖车来了，我和外婆坐上了拖车。

外婆说，哎哟，这辈子没坐过这么大的车子啊。

我说，好玩吗?

外婆说，这周围一片漆黑啊，真的像远方。

这时候突然传来拖车师傅的声音，啊呀，就在环城南路啦。

那时候，我在4S店边的二十四小时便利店给外婆买了一个仅有的小蛋糕，小到一口就可以吃掉，只可惜买不到蜡烛。

我和外婆回到家，外婆拿出两根停电时点的蜡烛说，将就一下吧。

我说，这也行?

外婆说，有什么不行的。

外婆许完愿吹灭了蜡烛，我说，你许了什么愿?算了，这个愿望不能说的。

外婆说，没事告诉你吧，希望你车子快点修好啊。

我说，什么？就这个？你就不许个自己长命百岁福如东海什么的吗？

外婆说，哦，那，那还能改吗？

我说，蜡烛都灭了啊。

外婆干脆地说，行，那赶紧把蛋糕切了吃了，饿死我了。

外婆在昏黄的灯光下吃蛋糕的样子，正如我二十年前幸福地吃着外婆给我买的蛋糕的样子。那一年我生日的时候，外婆给我买了蛋糕，还带我去了儿童公园玩。

然而，时光至此。

外婆这辈子坐过唯一的飞机是儿童公园的飞机。外婆这辈子骑过的唯一马匹是旋转木马。外婆这辈子爬过的最高峰是中山公园的假山。

二十多年过去了，我已经飞过千山万水。而那些爱，是沧海，是深埋，是天真孤独岁月里永不磨灭的依赖。

外婆时期的爱情

我开车带着外婆到舟山吃海鲜大排档的时候，看到老枪发了一条朋友圈，显示他正在海边玩，我一看这地方是舟山的月岙沙滩。

于是我发微信给老枪：在舟山?

老枪回我：圣托里尼。

我说：你再说一遍?

老枪回：不懂就去百度。

我拍了一张刚点的海鲜照给他，然后给他发了一个定位。

老枪回：十分钟后马上到。

老枪带着蕾蕾，在海鲜排档与我们会面。我还叫了另外三个朋友，差不多凑一桌。老枪双手戴着好几串珠子，还假装毕恭毕敬地向我外婆问了一个好。

接下来老枪剥了两只大虾，放到蕾蕾面前。

蕾蕾说，要蘸醋。

老枪蘸了醋又放到她面前。

蕾蕾说，用筷子。

老枪就用筷子夹起大虾肉送到蕾蕾嘴边。

此时，我外婆正左右手各拿着一只蟹脚，吐着蟹壳，一脸惊讶地看着他们。

蕾蕾说，渴。

老枪立即倒上一罐可乐。

蕾蕾说，不要碳酸饮料。

老枪起身说我给你去找王老吉。

外婆默默递给蕾蕾一杯白开水说，我不渴，你喝。

老枪一个人连闷了两瓶啤酒，开始进入吹牛装×阶段。

老枪说有个朋友是香港一个公司的合伙人，最近在收购一个纳斯达克的上市公司时，发现对方公司的财务报表出现了很大问题，导致此公司被纳斯达克停牌。朋友最近很烦，昨天晚上还一起吃了个饭。

大家都没怎么听懂到底怎么回事，继续默默啃蟹脚。

只有外婆慢悠悠地来了一句，哦，菜好吗？

老枪擦了擦嘴，心里估计又擦了个擦，淡定地说，嗯，菜还不错。

外婆剥着虾说，那都有什么菜呢？

老枪一脸纳闷地说，嗯，冰糖甲鱼，野生大黄鱼……

外婆说，野生大黄鱼多少钱一斤呀？

老枪说，大概一千块吧。

外婆说，这么贵，你就没有讨价还价吗？

老枪说，这个……

至此外婆成功将老枪的纳斯达克节奏带成了野生大黄鱼的调调。

此时，蕾蕾又说，腿酸。

老枪让她腿搁在自己双脚上说给你好好捶捶。

蕾蕾又让老枪拍一张照片。老枪咔嚓一张。蕾蕾说，斜了。老枪咔嚓又一张，蕾蕾说，低了。老枪再咔嚓一张，蕾蕾说，脸大了。老枪再次拿起手机，蕾蕾一把夺过手机说，自拍。

等大家吃得差不多，外婆起身朝外面走去。

老枪立即起身拦住外婆说，怎么能让你买单呢？

外婆说，没买单，就上个厕所。

老枪愣了两秒回到座位对我说，兄弟，今天钱真的没带够。

等外婆回来，我买了单，老枪叫了代驾，大家客套几句各自回家。

蕾蕾说，脚痛。

老枪立即脱下她的高跟鞋说，我背你去车上。

结果酒喝多晃悠了几下没背上。

老枪说，等等，让我缓缓。

外婆说，来，我们几个帮忙，把她抬出去。

蕾蕾嗖地穿上高跟鞋说，不疼了。

回去的路上，外婆问我老枪这个人是干什么的。

我说，你猜。

外婆说，手上戴了这么多串珠子。

我说，是不是一看就很厉害？

外婆说，望湖市场卖手串的吧。

外婆的判断总让我没办法回答。

外婆说，现在的姑娘啊……

我说，怎么了？

外婆说，挺好的。

我说，你年轻的时候，外公有没有给你剥大虾，脱掉你高跟鞋背你走啊？

外婆说，没有大虾可以剥，也没有高跟鞋可以脱。

我说，那你们年轻的时候怎么谈恋爱的？

外婆说，就村里走两圈。

外婆和外公认识的时候，外公就带着她在村里逛两圈。外公走到一个老墙门里，说这个房子是他家的那个房子也是他家的，这房子就有四间。外婆心想，还不错哦。外公最后介绍兄弟时说，有六个。人均一间房子都没有。

我说，那时有什么娱乐活动，去哪里吃饭呢？

外婆说，那时是饿了才吃饭，现在是闲得没事干就吃饭。

我说，看过电影吗？

外婆说，最近看过的一次电影就是那时候看的。

我说，电影院都拆了吧。

外婆说，露天电影。

这一天我回到宁波，和外婆一起去电影院看电影。电影是一部3D战争电影。外婆刚坐下就感慨，时代不一样了。

我说，和露天电影当然不一样。

外婆说，大家看电影都戴墨镜了。

我说，戴上才能看电影。

观影过程中，一颗子弹射过来，外婆就往左一躲，敌人架起大炮，外婆就把墨镜往下一滑。

我说，没事，打不到你。

外婆又来了一句，时代不一样了。

我说，怎么了？

外婆看着电影说，那个时候墙上都贴打倒帝国主义保家卫国。

我说，是啊。

外婆说，现在墙上都贴专通下水管道屋顶补漏办证。

我把墨镜往下一滑，看着外婆。

外婆侧过脸，戴着墨镜，嘴巴一咧，微微一笑说，呵呵，继续看。

我把外婆送到家，她一定要做夜宵给我吃。我吃着她自己做的饺子，让她也一起吃。

她吃了一个就说，够了。

她说，那个年代的人，没有吃夜宵的习惯。

我说，不吃夜宵是个好习惯啊。

外婆说，一日三餐不一定都有。

我……

此时，老枪打来电话。他和蕾蕾回去之后，蕾蕾表示肚子饿，要让老枪出去买吃的，老枪为了表示诚意，亲自出门去买。走到小区楼下，默默用手机点了一份外卖，然后就在楼下抽烟等着。

结果外卖小哥业务熟练，以迅雷不及掩耳之势上楼，直接把外卖送到了蕾蕾的手里。老枪收到蕾蕾的微信“你晚上不用回来了”，才发现抽烟太投入没有看见外卖小哥上楼了。

老枪对着门哀求半天也没动静，于是只能表示晚上来我家睡觉。

此时外婆正在回忆和外公的爱情。

我说，你们有没有什么定情信物？

外婆说，情为何物都不知道，还什么定情信物。

我说，境界真高。

外婆说，主要是没钱。

我说，那有钱了呢？

外婆说，有钱了就给你买肯德基了。

我一时语塞。

此时老枪又来电，笑呵呵地表示误会一场，蕾蕾开门让他进去了，让我早点休息不用等他了。说完就啪地挂了电话。

我说，外公说过最浪漫的话是什么？

外婆说，我做饭，你嗑瓜子。

老枪又来电说，妈的，开门原来是嫌外卖难吃，让我再出去买，妈的，信不信我买瓶敌敌畏给她……

我说，信啊。

老枪说，求你赶紧告诉我，小乖乖龙虾在哪儿，她要吃小乖乖龙虾，这他妈什么破店。

我说，问你的小乖乖去。

我继续问外婆，那你们吵架的时候呢？

外婆说，动手啊。

我……

外婆说，动手做饭洗衣拖地干活，劳动能解决一切问题。

我打了一个饱嗝说，嗯，吃完了。

此时外公早就熟睡在房间里。外婆拿着一张黑白照给我看，那是外公外婆年轻时的合影。

外婆说，那时你外公当兵刚回来，帅不帅？部队里有领导的女儿看上他，最后还是和我结婚了。

我说，你厉害了啊。

外婆说，嘘，小声点，不要吵醒他。

我说，对对对。

外婆说，这碗就明天早上起来让他洗吧。

我……

我说，你和外公做过最轰轰烈烈的事情是什么？

外婆说，我想想啊。

想了半天说，一定要有轰轰烈烈吗？

我说，那也不是。

外婆说，你们现在不都挺轰轰烈烈的，轰了半天，不什么也没有吗？

也许，表达爱情的方式有千万种，但爱一个人的恒心永远只有一颗。

在孤独的岁月里

2012年的夏天，我和小曼的恋爱谈到了第三个月。有一天她突然给我买了肯德基和可乐，我心里一暖。

她看着我说，我们是不是不合适？

我顿时张大嘴巴，嘴里还塞着一只鸡腿，说，再考虑考虑？

小曼说，嗯，分手这事要谨慎。

我说，对啊，所以？

小曼说，所以我们抛骰子吧，三就散，六就合，其他重抛。

我说，挺酷的。

小曼说，重要的事情都交给老天去决定。

结果第一次就是，三。

我想，老天是不是手滑了。

小曼转身走的时候，我追上去一把拉住她。

小曼说，还要说什么？

我憋了半天说，把骰子带走。

在我还不明白孤独是什么的时候，孤独就这么降临了。

有一种孤独是，你往后对着一个很熟悉的号码不停地发信息打电话，却没有任何回应。更孤独的是，她还回复了一个“哦”。

这个“哦”伴随了我那一年的整个夏天。

一直到中秋节，我和外婆坐在院子里看着明亮的月亮。

我说，人类真伟大。

外婆咬着蛋黄月饼说，怎么了？

我说，1969年美国人登上了月球。

外婆扳着手指说，那时候我才二十多岁。

我说，好年轻，那时候你在干吗？

外婆说，和你妈妈在讲嫦娥的故事。

外婆的嫦娥故事伴随了我无数个入睡前的最后一秒。外婆还说，以后等你有小孩了，还要把这个故事讲给他听。我问外婆，看着月亮有没有想念的人。

外婆说，以前有，现在没有，你呢？

我想了想小曼说，我也没有。

外婆说，你第一次谈对象是什么时候？

我第一个女友在上海，而我在宁波。每次要绕过半个杭州湾去找她。

那时我对她说，这世界上最长的跨海大桥马上就要造好了，距离缩短一半。

她满怀期待地说，嗯，等着桥造好。

一年后大桥合龙，我们分手。

外婆心疼人民政府说，这桥白造了啊。

外婆说现在没有想念的人，是因为此刻想念的人都在身边。

2013年的中秋节，我在一个昼夜相反的国家。

外婆趴在窗口通过电话告诉我，她有时候经常就这么趴在窗口。

她说，今天她已经看到了三架飞机，还看到了八辆汽车，四辆是白色的，两辆是银色的，一辆是黑色的，还有一辆我看不清楚了，老了。

那一刻，我突然感觉到外婆的孤独。一个人趴在窗台看着外面，如同岛屿置身大海。

我说，我明天真的赶不回来。

外婆说，没关系，我明天再数数汽车和飞机，还可以数电瓶车和自行车。

我说，那你明天数完记得告诉我。

外婆说，你忙吗？

我说，不忙。

外婆说，那我先忙了，要做饭了。

我……

当我在阳光普照的北半球，听着外婆在电话另一端给我形容当晚月亮的时候。那一刻，仿佛长夜才是最好的白天。

很多的孤独和思念，是表面的不以为然，及内心的沉默寡言。

外婆也会在某一个雨天，一个人靠在窗边说，我十八岁的时候经常这样看着窗外。

我说，别感慨啊，人生依旧充满希望。

外婆说，希望衣服快点干。

我只能默默转过身去。

对于外婆来说，任何一个陌生号码她都不会显得陌生，总是毫不犹豫地接起。

陌生电话传来的声音一般都是，喂，你好，海曙黄金地段商铺只需三十五万，请问有兴趣吗？

外婆斩钉截铁地说，有。

最后对方一般都会客气地说，现在真的有点忙，然后把电话挂了。外婆还拿着电话在那边喊，喂，喂，还没说完啊。

如果是放贷的来电。

对方说，请问你最近需要资金吗？

外婆说，需要。

对方说，无须车房抵押，当天放贷。

外婆说，好的。

五分钟后外婆成功带偏放贷小哥，嘘寒问暖关心对方工作生活是否如意，还告诉他在社会中一定要脚踏实地、吃苦耐劳，另外要孝敬父母，问他有多久没有回去看爸妈了？外公外婆爷爷奶奶还健在吗？直到对方啪地将电话挂断。

外婆一脸失落地说，现在的人都没有礼貌。

我翻看外婆手机的时候，发现她把自己蹩脚的短信回复技术发挥到了极致。

10086的短信：您的手机账户实际可用余额已少于二十元，请及时充值缴费。

外婆回复：知道了。

10086还说，您已成功充值一百元。

外婆回复：刚充的。

有时候，我跑到很远很远的地方，在外婆的概念里，我和她隔着千山万水，然而对于我而言，就隔着几小时的飞机路程。

以前思念的时候都是抬头看月亮，现在思念了低头看机票就行了。

我说，交通越来越方便了。

外婆说，没有以前有意思了。

我说，以前多有意思呢？

外婆说，把你送回家，你就哭得不行。

我家和外婆家开车也就二十分钟。

这一年年底，我突然收到小曼的信息，她告诉我此刻正坐在伊斯坦布尔郊区一家青年旅馆的天台上看星空，突然想到了很多东西。

时隔半年，我不知道怎么回。

然而可乐得知这个消息，立即从拥挤的上海起飞，经停香港，从沙特转机，第一时间出现在了小曼的身旁。人家人都已经到了土耳其，我写的信息还存在手机里没发出去。

在这种巨大的差异间，我发了一条信息：有关怀的人在身边，异国的星空一定更美。

发完这条酸溜溜的信息，我就提着烤鸡和酒，一路狂奔到外婆家，准备和她好好搓一顿。外婆见我兴头这么足，问，今天什么日子？

我说，路边捡到一百块。

外婆左手烤鸡右手啤酒说，喝了吧。

外婆的酒刚到嘴边，我就一饮而尽。我一连喝了好几瓶，喝得外婆都拉不住我。最后喝得倒地不起。我嘴里喊着卡夫卡的名字，一转身就又喊起了叔本华的名字。外婆这时候在我的两边放了两个桶，还一个劲说，吐准一点啊。

她说，什么时候喊外婆了，桶就可以拿掉了。

酒醒后，小曼告诉我，可乐去的那一晚，伊斯坦布尔阴云密布。

我揉着惺忪的双眼发了一条语音：命中注定啊。

外婆听到声音急忙跑过来说，捡了一百块就这样，这到底有多缺钱呀。

我摇晃着站起来对外婆说，如果你想念的人告诉你她正在伊斯坦布尔看星空，你会不会马上赶过去？

外婆说，出了村口我路就不认识了啊。

我听得又晃倒在地上。

外婆说她扶不动我，就只能翻箱倒柜把衣服都拿出来帮我垫在地上。我躺在那些衣服上，看外婆在院子里烧水，浇花，拿牛奶，读报纸，喂食流浪猫，或者就一个人站在院子里看看天空。蓦然发现，纵然世界纷繁复杂，也从未败坏过那些岁月的宁静。

永被念及的迷人时光

冠明哥在外滩喝多的时候，对着城市的霓虹问我，你这辈子经历过最迷人的时光是什么？

我说，你呢？

冠明哥说，心爱的姑娘喝醉，我送她回家，她躺在床上，我开始吻她的嘴巴，脖子……

冠明哥说到这里，我外婆来电，喂，阿挺啊，南塘老街的油赞子什么时候给我买来呀？

我说，马上。

和外婆挂了电话之后，冠明哥继续说，我亲完她的脖子，就帮她盖上被子，看了她半小时安详的面容，然后轻轻带上门，回家，这事迷人吧？

我说，嗯，好迷人。

冠明哥拿着酒瓶说，你呢？

我拿着手机说，就刚才，我外婆来电的时候吧。

外婆的电话是这个世界上最出其不意的迷人来电。

我在广告公司写的文案让老板批得快被辞退的时候，外婆突然来电，喂，阿挺，鼓楼沿的糖炒栗子给我买点过来呀。

我自己创业接业务被众多客户生硬拒绝尴尬地站在门外的时候，外婆突然来电，喂，阿挺，兴宁桥烤鸡给我买来了没有呀？

我想给喜欢的姑娘过个生日却被当面发了一张好人卡的时候，外婆突然来电，喂，阿挺，正宗的宁波汤圆哪里有卖呀？

所以在我最失意的时候，总会拎着糖炒栗子、烤鸡和汤圆去外婆家。

外婆一打开门见我，总热情得跟多年没见似的。

我说，好久不见。

外婆说，太久了，都一礼拜了。

那段时间，我很失落，经常一个人到处瞎转悠，穿过各条大街，走过安静的公园，经过热闹的商业广场，好像一切和我没什么关系。我也经常坐在凌晨的江边想，生活的意义到底是什么？

我说，没钱，没工作，没女朋友，还能好吗？

外婆说，有糖炒栗子，有烤鸡，有汤圆，还不够吗？

我就这样扒着烤鸡，目光无神地盯着电视机。外婆见状立即将频道转到一个肥皂剧。

外婆拿着一只鸡腿说，这电视剧里面的男人，太惨了，比你还惨。

我茫然地看了一眼外婆。

外婆咬了一口鸡腿立即又换了个台说，这个电视剧，女主角很漂亮，你都没看到过这么漂亮的吧？

我面无表情地盯着电视。

外婆放下鸡腿，双手把着遥控器继续换台说，就这个，这个……然后眯起眼看了一眼字说，哦，《熊出没》？又赶紧换了一个台。

我说，就看《熊出没》，挺好看的。

外婆赶紧回台说，对，我也最喜欢看这个。

外婆看着看着就睡着了，我试探着叫她一下，她就迷糊地说，醒着呢。

我说，你去睡觉吧。

外婆一睁眼说，你困了？

我只能说，困了。

外婆看了看时间说，你以前都熬夜的，现在年纪大了吧。

我看着七十多岁的外婆说，对，年纪大了。

外婆笑了笑说，这么大年纪了，都没有老婆。

我半躺着说，怎么了？

外婆说，在我们那时候，你这年纪还没结婚，村长就要插手了。

我哈哈笑着盖上一条毛毯。

等外婆关上房门，我就睁开了眼睛。我睡不着，拿起手机不停地刷着，然后放下，过一会儿，又拿起手机，就这样反复了好多次。

突然周围灯亮起，外婆走到我身边说，还没睡?

我说，没，玩手机呢。

外婆披了一件外套说，别玩手机，我们来玩个游戏。

我说，这么晚了，你赶紧睡吧，

外婆说，猜谜语，猜对给你十块，猜错给我十块。

我放下手机说，那你说吧。

外婆说，八把小刀，两把剪刀，包袱一背，横行霸道。

我迅速拿起手机打开百度一搜，说，螃蟹。

外婆说，这么厉害，小时候你明明猜的是你妈。

我……

外婆说，头戴红帽子，身穿白袍子，走路像拐子，讲话像哑子。

我又百度一搜，说，鹅。

外婆一惊说，小时候你明明猜的是鬼。

我说，太简单，加钱，三十块一局。

外婆说，姑娘是个黑凤凰，江河翻腾水性好，人家讲我鱼吃饱，实在肚皮空堂堂。

我继续一百度说，鸬鹚。

外婆说，这个你都知道?

我说，加钱，一百块一局。

外婆略微一思索说，小时候过年，你在院子里放烟火，手被炸伤了，你知道是怎么好的吗？

我拿着手机一脸蒙。

我说，医生看好的。

外婆一笑说，错，我一夜没睡，用大手包着你的小手，过了一夜就好了。

外婆说，来，继续。

我说，等等，十块一局，老一样老一样。

外婆说，你小时候尿床了，被我发现了，你知道后来怎么样了吗？

我说，被你骂了一顿？

外婆斩钉截铁地说，错，我假装不知道，哈哈哈。

我说，一块一局，小一点小一点。

外婆说，你六岁的时候最爱吃什么菜？

我……

外婆说，你七岁的时候最喜欢听哪个故事？

我……

外婆说，十岁的时候我给你在哪里买的汽车人玩具？

我……

在这个世界上，我们会忘掉无关紧要的东西，也会忘掉嗜爱如命的东西，但总有一个人帮你默默记着这一切。

此时，窗外星月宁谧，外婆安详地看着我，没有再说一句话。

我感觉世界一片安静，慢慢地闭上眼睛，不知不觉进入了梦乡，一切仿佛回到了很久以前。我听见自己嬉笑的声音，欢快的声音，大哭的声音，打闹的声音。

第二天，阳光很好。外婆家的小院子，明媚如初。

我看到外婆说，一夜沉睡，全身温暖。

外婆忙把我扶起来说，昨晚开冷空调，不小心开成了热空调，怎么都换不过来，只能开房门，热坏了吧？

我……

外婆拿着遥控器说，你现在给调调吧，太热了。

我花了两秒钟就把空调换到了制冷模式。

外婆开着电扇又习惯性地摇着扇子说，念过书就是好，懂得多。

我说，也不是很多。

外婆说，就等着你这句话。

我……

很久以前，我们总是无所事事，无所畏惧，我们干了很多杂七杂八的事情，又心心念念那些遥远的理想和梦想。我们欢喜。我们热爱。我们用一无所有，换得应有尽有。

反复告别的念想

2012年的时候，我和小曼准备谈一场不谈房子和车子的爱情。

小曼说，找不到理由和我在一起，但也找不到理由不和我在一起。

我一脸尴尬地拼命吸着可乐，不知道怎么回答。

那时的小曼站在春风里，面如桃花，手里转着一个钥匙扣说，你就讲个笑话吧，我笑了就在一起。

爱情就是这么简单。真正的爱情除了我喜欢你你喜欢我，就无关其他了。

于是，我讲了三个月的笑话，小曼都没有笑一声。

当我把这件事告诉外婆的时候，她笑得前翻后仰。

假牙就这么掉了出来。

外婆塞回假牙说，你讲一百年她都不会笑。

一百年的时间，我可以买得起房子和车子了，这么说来还不如谈房子和车子的爱情。

我说，现在的爱情就是谈条件，说好听点是务实，说难听点是现实。

外婆说，现实不难听啊。

此时，外婆一脸认真地戴着老花镜，一笔一画地在白纸上写着。她说在上海的哥哥多年不见了，写一封信给他。

我说，直接打电话啊。

外婆看了我一眼说，拿起电话不知道说什么。

我说，那你打字，发微信给他。

外婆说，一来一去回复太快，也不知道说什么。

我说，那他看到信要很久很久了吧。

外婆说，很久很久又不是什么坏事，我又没什么急事告诉他，我只是想念他。

是的，想念可以很久，可以很慢，不用这么着急。我们正处在高效而缺少想念的世界无法自拔。

外婆认为，写信可以看到对方的笔迹，白纸黑字清清楚楚写着，这就像一个人实实在在站在你面前。

外婆写一封信很慢的另一个原因是，她经常记不起某个字怎么写，所以会经常问我。如果我不在，她会因为某个字打电话问我，先问我最近想吃什么，然后问我，保重的“重”怎么写？于是我在电话这边比画半天，外婆似懂非懂哦几声。最后某一天我发现，在我的精心指导下，把“重”写成了“童”，还多了一横。

为了避免这种麻烦，外婆决定不会写的字去查字典。于是她弄了一本字典，但外婆不懂拼音和部首，学习了很多天还是搞不明白怎么把一个字给找出来。

外婆认为，在这厚厚的字典里要找到想找的字，只能靠菩萨保佑，随便一翻，翻到就是运气，翻不到就多翻几次，实在翻不到，明天接着翻，反正有的是时间。

外婆有时候也抽着烟感慨，找个字比你找个女朋友还难。

我……

我告诉外婆，遇到不会写的字，就换一种说法，用最简单的话说出来。

在我的指导下，外婆正在慢慢掌握这种方法。

譬如我告诉外婆，今天晴，就写成今天没下雨。多锻炼，就写成多动动。生活如意，就写成生活跟你想的一样，外婆“想”字也不会写，我说就写成，生活要咋滴就咋滴。结果外婆“滴”字也不会写。她想了想说就写成，生活很好很好非常好。

我说，完美。

外婆笑着说，这方法好，作家就是不一样。

一听到“作家”两个字，我就对外婆说，最近我在写一本书。

外婆说，你这都说了好几年了。

我说，我写书有点慢。

外婆说，不知道我还能不能活着看到你的新书。

我说，肯定能。

外婆说，是快写完了吗？

我说，不，你能活到两百岁。

外婆说，你这借口我很喜欢啊。

外婆写这封信，真的写了很久很久，写一会儿她会出去摆弄下院子里的花草，或者还会出去遛一圈买点菜，或者就打开收音机听会儿什么。

外婆从春天写到了夏天。

那一阵子我去外婆家，就感觉她像一个老作家，桌上一直铺着稿子，搁着两支笔，一副正在创作伟大作品的模样。

有一天，我奉我妈之命给外婆送去了一箱水蜜桃。我一进门，看到她又在写信，于是就把水蜜桃一放，和她打了个招呼，准备回去。

外婆急忙过来扶住门说，这么急着走干吗？

我也说不上来要去干吗，可能大部分时间也是在玩手机，或者去和朋友打打球，或者自己也不知道干了些什么。

外婆说，我晚上烧几个好菜，吃了再走。

晚上老枪约了我。老枪这个人有各种饭局，时不时会带上我，那些饭局上充满了各类神仙鬼怪，资产过亿的，满腹经纶的，气质超群的，特立独行的。

老枪说，跟我混有肉吃。

我有时候也会把自己打扮得人模狗样，赶赴老枪的各种饭局。

老枪还时不时以老江湖的眼光指正我，你看你看，穿得又暴露了你资产不过百的本质。

我说，我晚上还有事，得先走。

外婆说，那我们早点吃晚饭，我这就去洗菜。

此刻才下午两点半，我在外婆家的椅子上坐下来。

我说，你信写完了吗？

外婆说，先寄出去，以后想了再写。

我说，那我坐半小时就走吧。

外婆看着窗外的院子说，以前你都不肯走出这个院子。

是的，曾经我在这个院子里，自制篮筐，自制球门，还用纸团自制了篮球足球，感觉参加了所有的世界大赛。还在南方不多的积雪中，堆起过雪人。还和一条大黄狗一起玩耍，我把它当作马匹，当作斗士，当作朋友。

外婆还和我谈起一些名字，王治郅，姚明，科比，贝克汉姆，罗纳尔多。

她其实和现在大部分看球的女生一样，根本搞不懂回场、24秒违例、越位、角球、任意球。但她曾经和我一起深夜看球大呼小叫。如果一个不懂球的人却假装懂球陪你看球，她不是你女朋友，估计就是你外婆。

当外婆如数家珍地说起这些人的名字的时候，我却发现这些人早就退役了。

2016年，这里面的最后一位科比也宣布退役了。所有人都在说，一个时代结束了。

外婆却还在这边津津乐道，一切好像就在昨天，还有触手可及的未来。

她还找出我小时候听的旧磁带，放到录音机里。张国荣的歌一首接着一首。还放进去一盘当时最前卫的林肯公园的《流星圣殿》。

外婆说，那时候我只知道月湖公园，儿童公园。

而林肯公园的主唱，也于2017年的某一天早上在洛杉矶自杀了。

我又将时光推回到我第一次谈恋爱的时候。

我和初恋女友在上海准备去看林肯公园的演唱会，结果买了假票被骗了钱。

我们什么也没看成，就在五角场附近街头听小哥弹吉他。

我们没钱到舍不得给小哥一毛钱。我和她坐在上海的3号高架线上，一人一个耳机连着同一个MP3，看着巨大而庸俗的城市。

我们就这样坐在车厢里穿过上海的高楼，反复听着林肯公园的歌曲。

我这种烂英文也不知道他们在唱什么。

她说，翻译给她听。

我说，翻译太准确就没意思了。

这世界上喜欢的歌都经不起无休止的单曲循环。

所以，终有一天，会换歌，换人，换天，换地，换你，换我。换掉林肯公园的主唱查斯特·贝宁顿。这就像我们大部分人度过的日子。迷恋不过如此。

我看了看时间，已经四点钟了。我说我得赶紧走了。

外婆拿着勺子说，什么事这么急?

我说，我和一个朋友要去见一个朋友，那个人开了四家公司。

外婆说，嗯。

我说，开着一辆奔驰S600。

外婆说，哦。

我说，当然不止这一辆车，还有一辆宾利。

外婆说，哦。

我说，资产少说有五个亿。

外婆说，嗯。

我说，所以，我要和他们去吃个饭。

外婆说，吃了又能怎么样呢?

我突然不知道怎么回答这个问题。

此时，老枪来电告诉我，千万不要迟到，只能我们等王总，不能让王总等我们。

外婆打开昏黄的灯，摆了几个菜，拿着勺子挥了挥说，实在急的话，你尝个味道就走吧。

我挂了电话说，不急。

外婆夹起一块炸熏鱼说，最近有没有想到哄姑娘开心的笑话？

我笑了笑说，没有。

其实那一年，后来小曼告诉我，她一直在笑，只不过没有让我看到。

我说，为什么啊？

小曼说，这样她就一直可以听我讲笑话。我是在不知不觉当中迎来了自己的爱情。

外婆说，那后来有没有遇到讲个笑话就和你在一起的姑娘？

我说，没有。

外婆往我碗里夹了一块红烧肉说，最近要去哪里吗？

我说，哪里也不去。

外婆说，没钱了吗？

我夹起红烧肉说，要吃红烧肉没时间。

我说，你最近干吗？

外婆说，等我上海哥哥的来信。

她说，到了这个年纪，再简单的东西也学不会了，而再复杂的东西却已成了习惯。对于一件事，一个人都是如此。

世界这么大，我们所走过的地方永远这么少。

岁月这么长，我们所拥有过的时光永远这么短。

微光照亮回家的路

婚前，冠明哥嘴边整天唱的是，《对你爱不完》《爱一个人好难》《爱你是我唯一的选择》。

我听得耳朵生茧，但也习惯了，以为他会一辈子这样。后来他就结婚了。

婚后有了儿子，冠明哥嘴边整天唱的是，一只老母鸡呀，带到东来带到西呀，碰到一只大公鸡呀。

那年冬天，我还在听林肯公园，单身，也没有几个朋友，顿时觉得又孤独了很多。

外婆来电问我什么时候去她家吃饭，我说，就今晚。

这天外婆告诉我，她挂了电话，迅速闪到小摊贩面前，开始鸡鸭鱼肉地买菜，同时狂轰滥炸地砍价。

小摊贩在寒风里瑟瑟发抖地说，土豆一块三一斤。

外婆气宇轩昂地说，九毛一斤。

小摊说，一块二。

这时小摊贩的孩子抬起冻得发红的脸说，爸爸，饿，能吃大饼吗？

外婆收回代表一块的一根手指说，那就一块五吧。

小贩搓着双手说，是一块三。

外婆说，一块五，土豆全要了。

那一晚冬天，南方的气温只有2℃，带着沿海地区特有的湿冷。

我比预定时间迟到了半小时，外婆就把菜都热了一遍。

一桌菜，有半桌是土豆。土豆炖牛肉，酸辣土豆丝，烤土豆，土豆酸菜汤。

外婆还问我，土豆还能怎么做？

我说，红烧土豆，油炸土豆，清蒸土豆，爆炒土豆，蜜汁土豆……

外婆说，冬天里的菜就跟你一样。

我说，像我一样温暖吗？

外婆说，三分钟热度。

我……

我说，下次我一定按时来吃饭。

外婆说，下次我做完菜都放冰箱里吧。

我说，你这是故意惩罚我吗？

外婆说，冰箱里有5℃，外面才2℃啊。

我突然觉得外婆的这个方法好像真的挺不错的。

饭后，我刷着微信，外婆还坐在那边默默啃着烤土豆。

边啃边说，半个月，不对，能吃一个月。

我坐在椅子上，一直在和小曼用微信聊天，虽然那时候她还不是我女朋友，但是总会半真半假地开几句玩笑。我说很困想睡觉的时候，她就发过来“晚安，么么哒”。

我一回头发现外婆竟然拿着烤土豆在背后看着我发微信，还戴着老花镜。我想，惨了，这么肉麻的事情都被看到了。

我说，你偷看我隐私。

外婆说，问你一个问题啊。

我说，不用问了，不是女朋友。

外婆说，其他我都看懂了，那个，么么哒，什么意思？

我说，我都没看懂，你看懂了？

外婆说，就问你，么么哒，什么意思？

我说，身体健康，万事如意。

外婆说，哦，那我祝你么么哒。

此时外婆又拿出四片小木块说，这个是上次落下的，还有用吗？

我一看，汗，是拼图。

上个月我去冠明哥家吃饭，给他儿子买了个拼图顺便途中拐了一趟外婆家，心急出门就把拼图忘记在外婆家了。一进门冠明哥就说，迟到一分钟罚一瓶，我进门没到十分钟就喝得天旋地转了。

第二天外婆打来电话说，你给我买的什么好吃的？

我迅速赶到外婆家把拼图装好。

而现在，我拿着拼图想起，冠明哥这个月跟我说了无数遍的话是，我儿子这么简单的拼图都拼不好，你说我是不是生了一个智障啊？

我拿着拼图凝视了很久，外婆说，到底还有没有用？

我紧紧握着四块拼图说，有用。

说完外婆从桌脚底下又取出两块说，有用的话这两块也拿去吧，我不垫桌脚了。

我一脸尴尬地看着外婆。

外婆碰了碰晃动的衣柜说，本来还想垫衣柜的。

我说，你家还有什么晃动的吗？

外婆环视了屋子一圈说，桌子，椅子，衣柜，橱柜，还有床。

或许，外婆也需要一盒拼图。这盒拼图并不是拼出那些美丽的图案，而是还原那些被时光侵蚀的年轻岁月。

此时外婆坐在微微摇晃的椅子上说，刚才姑娘没睡你怎么能说要睡了呢？

我说，真的困了。

外婆说，喝点红茶，提神。

我说，人生经验果然比我丰富。

外婆说，随便说两句。

我说，还有呢？

外婆说，我和你外公在一起五十多年了，你们年轻人几个月就分。

我看了一眼窗外清冷的夜空，不知道说什么。

我和外婆看着电视里宁波新闻的重播。那些记者奔赴抗寒防寒第一线，预报说有更大的寒潮来袭。

我说，天气冷了多穿点。

外婆说，这话应该我对你说。

新闻又转播到下一条，讲年轻人在公车上给老年人让座已成一种风气，尊老的传统值得传承。

我说，其实现在很多老年人也不好，一定要让年轻人让座。

外婆说，我肯定不会。

我说，你当然不属于那一类。

外婆说，我都是让座给老年人的。

新闻结束，我起身准备回家。

看到窗外，星星清澈，月亮皎洁，黑夜中世界的轮廓显得安静而又辽远。我突然很想在手机的备忘录里记录点什么。

我对外婆说，有部电影里说，一个年轻人二十多岁无所事事，多半会把自己当成一个作家。

外婆说，那不就是你吗？

我说，如果一个年轻人三十多岁还是无所事事，那可能真的要成为一个作家了。

外婆说，那一个年轻人七十多岁无所事事会成为什么？

我说，七十多岁的年轻人，还有什么用？

外婆说，那总比七十多岁的老年人有用吧。

在要出门前，我突然想起白天朋友从欧洲回来送了我几盒牙膏。我从包里拿出来给外婆，说，欧洲进口的，给你。

外婆说，是不是真的进口货，给我看过就知道了。

我说，你这么厉害？

外婆说，看上面的字，一个都看不懂，这说明肯定是进口货。

外婆看了半天说，这个不是进口的，我看到上面写着数字，这个我看懂了。

我说，阿拉伯数字，全世界通用的。

外婆说，哦，这么厉害。

我出门，外婆一定要出来，陪我走到车边。我发动了汽车，外婆站在门边，看着我跑了八年的车说，终于把车给洗了？

我说，毕竟等下雨等不及了。

外婆说，你看车子洗过就跟新的一样，一点都看不出开了几年了。

我说，车看的是里程表。

外婆说，人和车一样就好了，洗洗就跟新的一样。

我说，老年人都是这样的想法。

外婆说，这样的话我就可以开个和洗车店一样的洗澡店，一定很赚钱。

我说，哈哈，你还挺会做生意的。

外婆突然沉默了两秒说，你说，那个小孩肯定天天可以吃大饼了吧？

我说，肯定啊，怎么了？

外婆说，他爸说天冷了回老家了，不来摆摊了。

我说，你回去吧，太冷了，我也走了。

外婆说，你先开走，我看着你走。

我说，你先走，我用汽车大灯帮你照着路。

外婆突然掏出一只手电筒打开微弱的灯光说，你先走，我帮你用手电筒照着路。

我缓缓驶离村庄的小路。我从后视镜看见，外婆手电筒的那点光亮被我汽车的尾灯所淹没。但汽车开得越远，后面的黑暗就越大，外婆就像一颗明亮的星星孤悬在南方寒冷的冬夜里。

如果，有一天北方的寒潮和雾霾一起南下了，我们看不见那些明亮的星星了，那么，就低头看看自己内心的星空，也许发现其实世界没有神，但宇宙早已不混沌。愿在每一段岁月老去之前心存最美的念想。

台风肆虐的温暖时光

2012年夏天，强台风“海葵”从西太平洋上一步步逼近宁波。

登陆前的那个晚上，我拿着手机，看着台风实时路径。

我说，完蛋了，看路线真的要在宁波登陆了。

外婆说，真的？来，让我看看。

外婆拿着手机看了一会儿，叹了口气，然后无奈地看着狂风呼啸的窗外。

我说，别担心。

外婆说，没担心啊。

我说，那你干吗叹气。

外婆说，因为我看不懂手机。

外婆说，年轻人不要总是完蛋完蛋的。

她们年轻的时候根本不知道台风什么时候来，走到了哪里，没有网络，没有手机，饭都吃不饱，从来就没有完蛋过。

我说，万一呢？

外婆说，人不要出去就好了，房子又不会倒。

我说，房子万一倒了呢？

外婆说，那也没什么值钱的东西。

我说，命呢？

外婆说，来一个台风，就是把花盆搬进来，窗户关好，门锁上，这点事，你能想这么多，作家都这样？

我说，作家还会说到命运呢。

外婆手一摆说，好了，停，再讲下去我又要听不懂了。

过了几秒钟，外婆突然说，哦，命运，我们那年代的命运，就四个字。

我说，艰苦奋斗？

外婆说，一无所有。

我说，那确实挺酷的。

外婆说，嗯，是挺苦的。

外婆可能没有“酷”这个概念。

外婆年轻时那个年代虽然一无所有，但依旧有很多美好的回忆，这就好比我们现在应有尽有，然而依旧充斥着许多的厌恶。

在我上学前，外婆家没有手机和座机。

外婆说，那时候就坐在路边看，看你和你妈有没有来。

我说，那万一不来呢？

外婆说，太阳完全落山才能确定，你们不会来了。

我说，那等了一天没来，不是白等了？

外婆说，大部分时候都没来，习惯了。

我说，所以现在有电话、手机方便多了。

外婆说，是呀，说不来就不来了。

我……

外婆说，经常一个电话说来吃饭，十分钟后就说有事不来了。

我……

外婆说，所以还不如等。

等，是一种执念。有时候是一种浪费，却浪费得那么美好。

譬如，在等过无数个日升月落后，外婆在那条路上看到我的身影，她觉得，这种等待是这个世界上最有意义的事情。

其实，这个世界上的一切都在等待。

外婆在等待我长大，我在等待外婆老去，我还在等待喜欢的姑娘出现。只是在等待的过程中，我们顺便做点其他的事情，而很多人完全投入“顺便的事情”当中去，以至于慢慢忘记了等待，忘记了曾经和未来。

此时电视上也正在播放台风的新闻，甚至有记者外出到前线报道最新消息。

电视里有一位记者在那边大声喊，此刻，我们的心就是一颗受灾的心，我们的心与数万灾民的心一起跳动。

外婆说，这不会跳得心肌梗塞吗？

我说，现在媒体人也很辛苦的。

外婆说，哪有媒人辛苦。

我……

外婆说，有没有女朋友？

我说，没有。

外婆说，要不要我给你介绍？

我说，我还小。

外婆说，没事，也给你介绍个小的。

我接不上话，就只能看看窗外的天气。我妈让我晚上住外婆家，台风天给老年人有个照顾。

我说，好了，可以睡觉了。

外婆说，年轻人，不吃点夜宵？来，我给你做，红枣汤？桂圆蛋汤？洋葱面？放点榨菜？

在现在炸鸡小龙虾烧烤的年代，外婆的夜宵还朴素地停留在那个年代。

外婆的菜谱没有更新，并且会做的越来越少了。吃外婆做的东西不是为了吃而吃，是因为外婆开心而吃。

外面狂风肆虐，我和外婆在屋里吃着外婆做的洋葱面。

外婆夹给我几根榨菜说，来，加点榨菜。

在我们这个时代，有人用野生大黄鱼填饱肚子，用“82年的拉菲”解渴，用迈巴赫S600代步，却从来没有人这么带有诚意地给我夹过榨菜。

我突然一阵感动，又把榨菜夹回去说，不，你多吃点。

外婆突然放下筷子说，两根榨菜你还跟我夹来夹去，都什么年代了。

我咬着面条看着外婆。

外婆拿着筷子一指说，中国移动搞活动，都送了两箱榨菜了，看见没有。

我继续咬着面一字一句地说，好，厉，害。

外婆又把两根榨菜夹到我碗里说，榨菜比面都多……

后半夜我醒来的时候，外面的风把窗户打得啪啪响。我上了个厕所，就看见窗外的狂风暴雨。外婆也从房间里走出来。

我说，你怎么不睡了？

外婆说，看看台风来了没。

我说，我帮你看着呢。

外婆说，我还得看着你呢。

此时，我听见外公的呼噜声从房间里传出来。

我说，是不是外公呼噜声太吵你睡不着了。

外婆说，这都几十年了，还能不习惯啊。

外婆坐到椅子上分析说，你外公这呼噜声，三重奏，还带转音的，有时候一小时节奏都不混乱，有时候一晚上都不带重复的。

我说，这你都研究得这么透彻。

外婆说，这就叫爱情。

我说，看来我都没有经历过爱情。

外婆说，那也不是，你们现在都研究对方喜欢吃什么，穿什么，玩什么，研究方向不一样了。

我说，那还是你的研究方向比较淳朴。

说到淳朴，我总会不由得想起曾经的那些时光。

我说，世界上总有那么一些东西，任由世界怎么改变，它们都永不变化。

外婆说，什么？

我说，冠明哥二十岁时买了一辆桑塔纳，从此一路开进风里雨里，艰苦奋斗，谈恋爱，结婚生子，赚钱养家，十多年过去了，那辆桑塔纳依旧停在冠明哥楼下，我依旧可以和冠明哥坐在那辆桑塔纳里谈论各种不着调的事情，就像十多年前一样。

我说，这叫，归来仍是少年。

外婆说，这叫，归来仍是桑塔纳。

此时，台风在宁波的象山登陆，中心风力达到了15级，这就像一辆时速160码的汽车向你疾驶而来，它能掀起十几米的大浪，能将大树连根拔起，能使你寸步难行。

外婆在昏黄温暖的屋里安慰我说，不要担心。

我说，你不要担心。

外婆说，我担心你担心。

我说，你不担心我就不担心。

外婆说，我担心你不担心。

我……

外婆说，你不担心我不担心。

我终于被外婆绕晕。

那一年的“海葵”台风，穿过宁波的全境。就像一头太平洋的巨兽，从一座城市肆虐而过。有人在台风里死去，有人在台风里失去家园。

我说，每一次灾难都让人觉得，要珍惜现在的生活。

外婆拿着报纸看着新闻说，没有灾难，我也很珍惜现在的生活。

我突然发现外婆拿着一张2009年的报纸，我说，你怎么拿了一张过期的报纸？

外婆扶了一把老花镜说，哦哟，还真的是。

然后笑着说，台风来之前，我拿来糊在窗户的缝隙上的，没想到是2009年的。

我说，2009年的报纸你都看得这么认真。

外婆一本正经地说，没看过的新闻，再旧也是新闻。

台风过境，外婆小心翼翼地将花草一盆盆搬回院子里，修剪花草，扫除积水，一切又恢复往日的宁静。

我说，年轻的时候，我还和冠明哥开着那辆桑塔纳往台风最大的地方开去，都没感觉什么害怕，这叫追风少年。

外婆拿着浇花的漏斗说，我年轻的时候，和你外公风里来雨里去十几亩地里跑，都没感觉台风来过，这叫什么？

我说，驱风少女。

外婆对着一株绿植浇了浇水说，那现在也是。

在往后的日子里，台风会再来，人生十有八九不如意，那就平缓地略过这一切。打开你内心温暖昏黄的灯光，也许，什么都会越来越好，也许，什么都会越来越坏。

但，什么都没什么。

当外婆谈爱情的时候她在说什么

与外婆相处了二十多年，我给她发明了一个词，凶柔。

这是我自己创造的词。

譬如，那一天，没事干的时候，外婆就又和我讲起了道理。

外婆想了想，说出了一句话，一个人要吃过很多苦，走过很多路，才能懂得人生。

我说，我只吃了很多肯德基。

外婆说，我现在不能多吃了，年纪大了，电视上说要养生。

我说，我只会养狗养猫养鱼。

外婆一脸严肃地说，你把这三斤油赞子给我吃掉。

说完这话，外婆点起一支我递给她的烟，看着点燃的烟头说，这烟慢慢地燃烧，像什么？

我说，像你。

外婆一怔，指着五斤橘子说，你给我吃掉。

外婆弹弹烟灰说，本来想说像人生的，被你这么一说，突然不知道说什么了。

我说，你还挺有哲理的。

外婆看着窗外说，有时候希望有一片很空的地方，就这么看看蓝天白云。

我说，有这么一片空旷的地方政府早就开发房地产了。

外婆看了一圈周围没有吃的了，于是说，信不信我买一头牛让你吃下去啊。

我说，好啊，撞死我踩死我吃死我吧。

外婆张口愣了三秒说，连说三个死？怎么了？

我想了想说，喜欢一个姑娘应该马上去表白吗？

我从来不会和外婆主动说感情的事情。

外婆听到这话眼睛一亮，把抽了半截的烟往烟灰缸上猛一戳说，哦哟哟，不得了，有喜欢的人了？

我说，你觉得呢？

外婆竟然双手在衣服上正反擦了擦，一副要干大事情的模样。

我说，你这是干吗，准备杀猪吗？

外婆思考了三秒钟，猛地伸出一根食指说，当然要去表白啊。

我说，被拒绝了呢？

外婆淡定地说，这有什么关系？

我说，也对，男人怕什么被拒绝对吧？

外婆摇摇头说，这和男人没关系，你又不是没被拒绝过，还不习惯啊？

我愣了会儿说，嗯，习惯了……

外婆笑着拍了一下我的肩膀说，就是嘛，习惯了就好。

外婆又兴奋地起身走进了厨房。

我说，你干吗？

外婆拿起锅说，我好好做几个菜，好好给你谋划一下。

半小时后，外婆坐在我对面笑着说，怎么样呢？

我说，挺好吃的。

外婆说，我问的是姑娘。

我咬着糖醋排骨说，挺好看的。

外婆又给我夹了一些菜说，对对对，好看就好。

我看着外婆说，你以前不是说不仅要好看，还要心灵美要有内涵吗？

外婆说，那我对你要求太高了，内涵你也看不出来。

我……

外婆和我说了半小时，追姑娘的方法大致分为以下三条。

第一条，咱们晚上约个时间去月湖公园走走，你喜欢我们可以去划划船。

第二条，天冷了衣服够穿了没？要不要我给你买几件？

第三条，我外婆做菜很好吃的，去我外婆家吃饭吧。

我尴尬地笑了笑说，你这个套路挺淳朴的。

外婆一听，说，我肯定不会骗你的。

我说，那倒也是。

外婆似乎又思考了一会儿说，如果这个还不行的话……

我说，这个不行怎么办?

外婆看着我说，那我也没有办法了。

我叼着一根青菜说，你办法真少。

外婆说，主要我和你外公说了几句话就在一起了，没什么经验。

我说，真酷。

外婆突然信心倍增地说，放心，如果我是那个姑娘，你这么做，我早就喜欢你了。

我茫然地说，喜欢一个人这么简单吗?

外婆说，那还要怎么弄?

我说，两个人相互喜欢就很简单，但如果……

外婆若有所思地想了会儿说，那也对，如果三个人相互喜欢就不简单了。

我无言以对。

我想说的明明是，如果不是相互喜欢就变得有点复杂，但是外婆的理解似乎也一点都没错。

外婆告诉我，找女朋友差不多就行了，别太挑。

我说，没有挑。

外婆说，那可能是别人太挑。

我说，那也没有。

外婆说，大家都不挑，哪儿还有这么多没结婚的？

吃完饭，外婆边洗碗边说，以前呢都是媒人介绍，现在呢就是自由恋爱，有些人结婚了也过得不一定好，有些人离婚了二婚又过得很好，这都不一定，因为人和人都不一样嘛。

外婆说完这话，拼命擦着碗。

我说，有些爱情结束了还可以开始，有些爱情结束就没有了。

外婆说，对，爱情就像垃圾，有些可回收，有些不可回收。

我一怔。

我说，这话比床前明月光，还要经典。

外婆甩了甩碗说，床前明月光，哪里经典了？

我嘴巴像被棉花塞住了。

外婆看了我一眼说，记得给我写到你的书里去啊，一百年后一千年后，我也成名人了。

我说，我的书能流传这么久吗？

外婆把碗放整齐说，我就随便说说，你别当真。

我……

我和外婆坐在电视机前，电视里一直播放着一些无聊的广告，我也没有认真看。工作以后和外婆静静地坐在一起的时间也不多。我只想多陪陪外婆。

突然电视里出现了方便面的广告。

外婆突然伸手一指说，方便面也跟爱情一样。

我心想，这都过去这么久了，竟然还想着爱情像什么。

我说，是不是好闻不好吃?

外婆摆摆手说，这个故事说来很长。

外婆摆出一副讲《红楼梦》的架势。

前一年外婆看到方便面广告实在忍不住了，外婆夸张地张开手臂说，那里面的虾有这么大，牛肉有这么大，还那么有弹性，一跳一跳的。

于是外婆就让外公去买了好几碗鲜虾味牛肉味方便面。

外婆哼了一声说，拆开来一看啊，我找了半天的虾和牛肉啊，第一时间先把你外公骂了一顿，这肯定买错了啊。

我说，然后呢?

外婆说，然后隔壁的年轻人把调料包拆出来，说这几颗黑黑的就是牛肉。

我说，是不是见了世面?

外婆说，我戴上老花镜看了半天，才确定这不是老鼠屎。

我听了这话哈哈哈哈笑了半天说，我现在心理有阴影了，以后不敢吃牛肉味的泡面了。

外婆又举着手指说，那虾就像耳屎。

我说，你能不能别说了，不是在谈爱情吗？

外婆眨了眨眼睛说，是啊，爱情，就这样啊，刚开始以为很好，后来越看越像屎。

我说，嗯，很好，爱情像屎。

外婆说，那我没这么说。

我说，其实呢，爱情还是很美好的，能让两个人像花儿一样盛开，蓬勃向上，还能丰收美好的果实。

外婆拿过一个苹果啃了一口说，屎不也能这样吗？

我……

此时，外公打完麻将回来了。

我突然想到给外公外婆拍一点照片，于是说，你们两个坐着，我给你们拍点照片，见证一下你们半个多世纪的爱情。

外公和外婆直起腰，挺直背，一脸正气地看着我。

我说，没事，放松点，自然点，手机可以随便拍。

我说完，两个人还是没有任何反应。

我说，可以把手相互牵着，头靠在一起。

外公就牵着外婆的手，把头轻轻靠在外婆的头上，没想到外婆猛地用头顶了一下外公的头说，靠这么近干吗，过去点。

外公和外婆合影还停留在他们那个年代。合影的时候永远是一副标准的模样，一脸的根正苗红，两个人之间永远保持着一个拳头的距离，站如松，坐如钟，谁要是牵个手，那就打死你。

拍完之后，外婆拖地，外公择菜。

外公边择菜边说，你们聊了一下午啊？

我说，对啊。

外公问，聊什么啊，国家大事啊？

外婆拿着拖把说，爱情。

外公听到这个词还没反应过来，外婆就把拖把往地上一戳说，今天打麻将输还是赢？

外公说，输了十块。

外婆对我说，你外公打麻将几年来无论输赢多少，都跟我说今天输了十块，明天赢了十五块，后天输了五块，每天都很稳定。

外公拿着菜说，那还要怎么说？

外婆说，输了两百块，就如实说。

外公说，你哪只眼睛看见……

外婆说，我天上神仙都认识，他帮我看着的。

外公递过一篮子的菜说，你这么厉害，那菜你来择。

外婆又一戳拖把说，你信不信我把天上的雷公雷婆都叫下来。

外公说，你是孙悟空吗？

外婆说，你才是猴子精。

我站在一边听得不亦乐乎，偷偷拍了很多张照片。

若干年后，我们可能都不记得当初喜欢的模样了，甚至对爱情抱有一种偏执的成见。

但愿，岁月长河，暮色静流，你认识天上的所有神仙，我做你的孙悟空猴子精，五百年斗嘴念叨，依旧很年轻。

没有什么太大的关系

外公肾结石住院。外婆一个人住在家里。

因为一个人住，外婆还特意在门口放了很多双鞋子，说这样可以让贼知道我们家里有很多人在，他就不敢来了。

但那天外婆告诉我，昨晚还是一夜没睡。因为厨房的吸盘脱落，砸碎了勺子，她听到很大的响声，以为贼胆包天还是来了。

我说，害怕了一晚上吧。

外婆说，听到响声，也不敢作声，心里一个劲儿求菩萨保佑，一定没事的。

我说，后来呢？

外婆说，但菩萨在房间外面啊，我也不知道他知不知道。

我说，那时候你应该把房间门反锁。

外婆说，那时候我就拿着你的变形金刚，你不是说这个是保护世界的大英雄吗？

外婆一直将我小时候玩的那个变形金刚放在床头柜上，她说，睡觉前，看一眼它，就像看到了你一样。

变形金刚的旁边还放着我的一张照片。

小时候，总充满很多梦想，外婆就鼓励我，你也要成为像变形金刚一样的男人。

长大后，遇到很多挫折，外婆就安慰我，变形金刚也只是每天乖乖地待在外婆身边。

我听了笑着说，昨晚你开始求变形金刚了？

外婆叹了口气说，万一贼真的进来了，我就用变形金刚去砸他。

我说，你不担心砸不到贼吗？

外婆说，我更担心把变形金刚砸散架了。

小时候玩过的很多玩具都不见了，只留这么一个变形金刚，已经十多年了。

我感慨说，它都已经十多岁了。

外婆拿着变形金刚掂了掂说，五块钱一个质量就是这么好。

我说，对，以后还可以传下去，给我的小孩玩。

外婆点点头说，这事情你得尽快。

那天虽然周六，但是我已经熬了好几个夜晚，给公司写了一个很重要的文案。老板傍晚出差回来，因时间紧急，让我们晚上去公司和客户讨论修改一下尽快定稿。

于是我不能在外婆家吃晚饭。

外婆刚走进厨房，拿起锅准备洗。

我就说，晚上真的忙，不能吃晚饭了。

外婆没有像往常那样挽留，而是放下锅说，年轻人忙是好事，这样，我带你去旁边的大排档，好吃又快。

外婆家附近现在已形成了夜排档一条街。外婆每天很好奇地去看看，去闻闻。自己舍不得吃，我来了，就说我给你去夜排档买吃的，我看过闻过了知道哪家好。

在外婆的世界里，自己舍不得吃的都是好东西，家附近的夜排档对她而言也是一个新世界。

其实外婆看到好吃的也想吃，只是她始终觉得一个人吃太浪费了，而和我一起吃才心安理得。

我说，你想吃什么？

外婆说，我每天来来回回看了很多遍，阿龙排档那家最好了，有红烧河鲫鱼，葱爆大肠，地三鲜，椒盐南瓜，还有……

我看了一下时间已经六点了。我只能到时候回公司泡个面吃了。但我决定去那家阿龙排档，给外婆点一份外卖。

我边朝门口走边说，你别做饭了，等一会儿阿龙会给你送来吃的。

外婆一脸茫然地说，阿龙你认识啊？

我说，你就等着吧，什么红烧河鲫鱼地三鲜都会有。

外婆见我这么急着出门，于是拉着我说，其实呢，人活着赚钱多少别太在意，人生最重要的是吃和睡。

我说，好像很有道理。

外婆继续拉着往前走的我说，只有吃好睡好，身体才会好。

我顿时心酸地想起我熬夜和吃泡面的情景。

我说，放心吧，晚上你就等着好好吃一顿，吃完好好睡一觉。

此时我已经离开外婆家约二十米，外婆依旧拉着我说，那你路上注意安全。

告别外婆，我直奔那条大排档一条街，找到阿龙大排档，点了刚才外婆说的所有菜名，然后付钱留下自己手机号码，让老板到时候送到外婆家去。我自己则直奔公司。

在公司大家和客户讨论修改文案，鏖战了三个多小时后，终于定稿。此时已经十点多了。我看了一眼静音的手机，发现有好几个未接来电。

于是回拨过去，是阿龙排档的老板，他说，家里没人，敲了半天的门都没反应，我把东西放门口了。

于是我赶紧给外婆打电话，电话通了之后，外婆用迷糊的声音告诉我说，哎哟妈呀，电视看着看着睡着了，根本没听见啊。

我说，果然人生最重要的是吃和睡啊。

外婆略显遗憾地说，还没等到吃，就睡着了，太没出息了。

我说，东西在门口，就是有点冷了。

外婆边拿着电话边开门，然后说，哇，这么多啊，我一个人怎么能吃这么多，我都拿不动啊……

我说，你就别装了，热一下赶紧吃。

外婆说，一个人吃太浪费了，要不你过来一起吃吧。

我说，我外面吃份牛肉面吧。

外婆说，那我改天再热一下，这么好的菜，怎么能我一个人吃，最好你在你外公也在，你爸爸妈妈还有你表妹都在，我们一起吃。

就这么几个夜排档最普通的菜，外婆能把家里很多人都想一遍。

我说，你就现在热一下吃了吧。

外婆说，我不饿，我一个人随便吃点就好了。

我说，你都没吃晚饭，我带你去吃牛肉面吧。

我开车到外婆家，带着外婆去吃热气腾腾的牛肉面。

外婆说，这么晚还出来吃东西，平时我都睡着了。

我说，今天你早睡了，吃了睡吧。

外婆坐在牛肉面馆里说，今天这集抗战剧太没意思了，讲一个女的看上了连长，讲了大半集，一枪子弹都没打，我就睡着了。

说话间，两碗牛肉面就上来了。外婆把牛肉都往我碗里夹。说自己不喜欢吃牛肉。

后来见我面也吃得差不多了，就把面也往我碗里夹。说面也不怎么喜欢吃，只喜欢喝汤。

最后汤也舀给我好几勺。

我说，你只喜欢吃葱啊。

外婆说，对，从小就喜欢吃葱。

我和外婆从面馆出来，周六的十点多还是车来车往，外婆过马路的时候紧抓着我的手。那脚还每一步特意踩在斑马线上。

我说，你过个斑马线怎么跟过独木桥似的。

外婆说，安全第一啊，一定要踩准斑马线啊。

我说，那你有点太准了。

外婆说，别吵，看两边，哦哟哟，车来了，后退。

我说，这车还有一百多米啊。

外婆说，哦那好，听你的，前进。

我……

在车上，我说，你每天在大排档那条路上走来走去？

外婆说，那还能走到哪里去？

我说，除了葱，你肯定也很想吃很多东西吧。

外婆看了看窗外说，喜欢吃各种葱。

我说，你又来了，骗小孩呢。

此时外面明月高挂。外婆突然看着月亮，给我讲起了月亮上砍树人的故事。

她说，砍树人一生默默无闻，坚持不懈，砍了一千年才把树砍掉。

我边开车边说，这事情都是真的吗？

外婆严肃地说，当然是真的。

我说，可是以前你说砍了一千年都还没砍掉啊。

外婆揉揉嘴巴说，唉，毕竟都是我自己编的故事，你也大了。

我看了一眼外婆说，你是不是特想吃夜排档？

外婆看着明月没说什么。

其实，在外婆那个年代，有些东西她们不能选择，其实她们也不希望把日子过出血，过成磨难，外婆也希望日子是吃吃东西看看电视。

我说，你现在可以随便选择。

外婆看着我说，我希望你们把日子过得舒服点，过得快乐。

外婆有时候有一种强大的能力，就是生活中再坏的东西她都能说成好的。

譬如上了骗子的当被骗几千块，就说，助人一臂之力，也快乐自己。

譬如菜场不小心买回几条臭鱼，就说，朱门酒肉臭，路有冻死骨，我们家好歹是朱门。

我说，朱门是不好的。

外婆说，不好就不好吧。

再譬如，腿被车撞了住进了医院，就说，来医院见见世面也好。

外婆说，很多时候要学会说没关系。

我说，很多时候真的有关系啊。

外婆说，就是有关系的时候才让你说没关系啊，真的没关系你说什么没关系。

我说，那说明还是有关系咯。

外婆打了一个哈欠说，别搞我脑子，要睡着了。

月亮西沉，昏黄的灯光蔓延在路的两边，我和外婆开着车行驶在路上，仿佛一切通往俗不可耐，又通往陌路天籁。

穿越内心的洪流

2009年，冠明哥最后一个未婚年。

你去过中国最西部的边境地区吗?

你感受过胡焕庸线的强烈反差吗?

你做了自己最想做的事情吗?

你热爱的自由呢?

你喜欢的姑娘呢?

你渴望的年轻呢?

说完这些话，冠明哥的同居女友来电，可以回来，做饭了吗?

这一年，我和冠明哥准备自驾穿越中国。

从中国的东部沿海，到最西边的中印边境班公湖。

一辆1998年产的桑塔纳2000，两人总岁数不到五十，要干掉总行程一万四千公里。没有什么行李，没有什么计划。

有时候真正的酷，是那么遥不可及，而又那么触手可及。

我坐在副驾不停地给小曼发着信息。我说我感觉自己在做一件伟大的事情，什么叫永远年轻，永远热泪盈眶？懂吗？

我发了十几条，小曼终于回复：我觉得我们还是做朋友吧。

此时，冠明哥正咬着一支中南海说，操，离合器怎么踩不下去了？

我说，怎么办？

冠明哥说，别急，我掉头。

掉了个头又说，咦，又好了？

于是再掉回来又说，操，又完了。

此时，冠明哥已经在高峰期的长春路连续掉了三个头，还连说，没事，没事。最后车子横着熄火在路中间。周围喇叭声此起彼伏。

冠明哥打了拖车电话，淡定地坐在车里说，谁滴滴滴，我就干谁。

此时的我，看着手机，打了无数的话，又删了无数的话，不知道怎么回复小曼。

半个多小时后冠明哥又打拖车电话，怎么还不来？

拖车师傅说，堵在长春路了。

冠明哥这三个掉头，把长春路堵了一个多小时。

桑塔纳2000被拖到修理厂，离合总泵坏掉，点火线圈坏掉，蓄电池严重亏电。我只能回外婆家吃饭。

我看了看小曼给我发的那句话，还是不知道怎么回复。我扒了几口饭就呆呆坐着。

外婆问，怎么了?

我说，今天和喜欢的姑娘说了很多话。

外婆说，这不挺好的吗?

我说，她说我们还是做朋友吧。

外婆说，好啊，多个朋友多条路啊。

我嘴巴张了三秒，只能继续默默吃饭。

那辆破车修了三天才修好，冠明哥告诉我，“十一”要去见对方家长了，过完“十一”再说。

任何事情一旦“再说”，那就是“再也不说”了。

不能自驾破车穿越中国，就只能去开卡丁车绕圈。这才像我们大部分人的人生。

外婆说，等等，我也去。

我说，你又不会开。

外婆说，我就看看，凑凑热闹。

外婆趴在赛道边的栏杆上看我开卡丁车，结束后我取下头盔的时候，外婆说，过弯的时候不要飘移，应该慢进快出，贴着弯过。

我盯着外婆一脸诧异。

我说，这你都知道?

外婆说，我听旁边人说的。

我说，你竟然听得这么仔细。

外婆说，人哪，对于自己听不懂的东西就特别好奇，我现在也不懂这什么意思。

在我开车的时候，外婆还激动地给我加油。

在我被一群高手虐得看不到车子的时候，外婆对着我说，很好，太好了，你开得真快。

我说，你没看到前面的比我快了很多吗？

外婆说，没有看到啊。

我说，我明明是最后一名啊。

外婆说，我只顾着看你，没有看别人。

我和外婆一起趴在赛道边的栏杆上。

外婆说，这车一圈一圈地开，有什么意思呢？

我说，这就像日子，一天一天地过有什么意思呢？

外婆说，日子每天都不一样啊。

我说，有什么不一样？

外婆说，吃的不一样啊。

此刻，一辆辆卡丁车在我们面前飞速而过，循环往复。

我说，你这辈子有没有什么特别想做的事？

外婆想了会儿说，有特别想做的菜。

我说，这么大的事。

外婆说，吓死了？

我说，你总是不按套路出牌。

外婆说，我又不会打牌。

回到家外婆突然拿出一件衣服说，这衣服不错吧。

我说，不错啊。

外婆说，两千块钱啊。

我一惊说，这么贵？

外婆笑笑说，那当然，最后一百五十块卖给了我。

我说，那……

外婆说，下个月你表妹要结婚了，我就穿这衣服，到时候上台讲两句什么话好？

我说，我又没结过婚。

外婆说，你不是作家吗？

我说，那你就简单讲两句。

外婆眼睛看着天花板，扳着手指说，早生贵子，天长地久，百年好合，白头偕老……

然后看着我说，还有什么？

我说，够了啊。

外婆就继续一个人在那边呢喃着，夫妻恩爱，同舟共济，开开心心，甜甜蜜蜜……

我说，够了够了，真的够了。

外婆说，那我先来一遍啊，亲爱的各位来宾，女士们，先生们，朋友们，大家晚上好……

我使劲咬着一块牛肉干看着外婆。

外婆说，说错了吗?

我说，好正规。

外婆说，电视上不都这样的吗?

外婆自我演练了一遍，然后喝了一大杯茶，坐到我身边说，现在90后都结婚了。

我说，是啊。

外婆说，你呢?

我说，我还有很多事情没做。

外婆说，成家立业，不是先成家，再立业吗?

我说，也不是立业，我以前连作业都完不成。

外婆说，那说说你想要干什么事情呢?

我说，做各种不靠谱的事情，去各种不靠谱的地方。

外婆说，结婚也不一定是靠谱的事，所以你可以试一下。

我一惊，世界上还有这种激将法。

外婆说，等你结婚，我不知道还在不在这个世界上。

我说，肯定在的。

外婆说，你就别祝我活到两百岁了。

我说，那一百岁啊。

外婆说，那在和不在一样了。

我说，你没看到新闻里说一百多岁的老人上山劈柴下山养猪，走田埂就跟飞一样的吗？

外婆说，这我二十岁的时候就不会了。

我说，嗯，有道理。

外婆说，你会。

我说，不会。

外婆说，那说什么说。

国庆节的时候，我在外婆家混吃混喝了几天。国庆后，冠明哥真的来电，表示我们的穿越之旅可以继续。

冠明哥的想法是，可以先飞到成都，或者直接飞拉萨也行，到时候再租一辆车，如果自己不想开，再找个司机，组个团也行。

我觉得一切都没有当时那么酷了。

这样的玩法，快接近老年团了，我外婆都可以去。七十岁都可以做的事情，二十几岁的人做有什么意义呢？

外婆知道我的想法后说，七十岁得吃饭，二十岁不是也得吃饭吗？

我说，吃喝拉撒，这都是动物的共性，你不能说狗得吃饭，人也得吃饭，那做人还有什么意义呢？

外婆说，说得真有道理。

然后意味深长地说，俗话说，什么年龄应该做什么事情。

我说，对。

外婆说，这话是错的。

我问，为什么？

外婆说，我有点想吃肯德基和奶茶了。

我二话不说掏出手机点了肯德基外卖。

半小时后，外婆咬了一口吮指原味鸡说，这种东西最好少吃。

然后又咬了一块脆皮说，尤其这种油炸过的皮。

接着又喝了一口可乐说，还有这种可乐都不能多喝。

然后又喝了一口可乐说，尤其这种放着冰块的。

接着挤了半包番茄酱在鸡块上，一口塞进嘴里说，这酱也不能多吃。

最后心满意足地擦了擦嘴说，跟你说的都听到了没?

我说，听到了。

外婆点点头，乖。

最后拿起杯子将最后两块冰块都倒进了嘴巴里。

面对此情此景，我只能默默掏出一包烟，我说，朋友免税店买来的，试试?

外婆接过烟，抽出一根，递给了我，说，你先抽一根。

说完将烟放进了自己的口袋里。

我咬着烟，盯着外婆的口袋。

外婆说，哦对，打火机是吧?你等等，我找找。

我看着外婆进进出出，最后站在我面前说，要不我煤气灶打开，你点一下?

外婆轰的一下把煤气灶打开，然后说，来，别怕，叼住，低一点，慢慢靠近，吸。

我点着烟，外婆啪地关掉煤气灶，然后从口袋里取出一支烟，说，来，你烟给我点一下。

这手法流畅熟练丝毫不拖泥带水。

外婆抽了一口烟说，人呢，虽然有各种梦想，但是要说有多大的意义也没有，万一哪天死了，什么都是空气。

我说，你说这个干吗？

外婆拿着烟说，抽了烟，就忍不住感慨一下。

此时，小曼发了一条信息，我就当你默认了吧。

我突然发现我迟迟没有回复小曼。

外婆继续抽着烟说，当然了，自己喜欢的，想做的，就一定要趁着年轻去做……

我决定马上去找小曼，然后再去找冠明哥。我立即起身朝门口走去。

外婆拉住我说，我还没说完呢。

我说，明天我再来。

外婆说，你等等。

我说，道理我都懂。

外婆说，烟屁股留下，我还得点烟。

外婆拿着我的烟屁股点着一支新烟，见我呆呆地看着她，说，年轻人，少抽烟，少吃垃圾食品。

我说，那你自己呢？

外婆说，我们年纪大了，没关系的。

这真是史无前例地有道理。

外婆挥挥手说，有什么事情就赶紧去做吧，不然就要天黑了。

趁着天黑之前，公路宽敞，心路明亮，去做微不足道的大事，去做异想天开的大梦，去经历无数次的日月轮替和披星斩棘，内心有光亮，何处无芳华？

身边鸡零狗碎满腔，远方雄心壮志未央

十年前我在学校里面念日语，念到一半就从学校里面出来了。这事情遭到父母及很多人的反对。于是我只能用各种理由搪塞。

外婆得知此事，坐下来耐心地和我谈了谈。

我脑子里摆出了各种名人励志故事。

我说，你知道比尔·盖茨吗？

外婆摇摇头。

我说，你不知道没关系，他是个美国人，这个美国人呢书读到一半就不读了，开了一家公司，现在我们用的电脑都是他公司的。

外婆似懂非懂地喝了一口菊花茶。对于不用电脑的外婆来说，似乎并没有什么太大的感受。

于是我伸出一根手指说，他是世界上最有钱的人。

外婆终于哦了一声。我另外准备的励志故事都没有用上，外婆似乎已经成了唯一支持我的人。

这之后我外婆就去我家找我妈。

外婆让我妈也别生气，她说，在美国有个人也是读书读到一半，现在成了最有钱的人了。

我妈嗖地站起身说，你听他瞎扯，全世界也就这一个人，人家还在美国。我们做人要现实，看看身边的人哪个不是好好读书好好找一份工作。

外婆听到这话也觉得很有道理，于是吃了一顿饭就走了。

几天后外婆又找我谈谈，把我妈的意思给传达了一下，觉得还是有必要再去念念书。

其实我妈说的话也有道理，看看身边的人，都在干什么，我们就要适应这个环境，也就是说在我们生活的方圆十公里内并没有一个特别厉害的励志故事。

正当外婆顺从我妈意思给我做思想工作的时候，非常不幸，我又找到了一个身边的励志故事。

这个人就是网易的创始人丁磊。我告诉外婆，这个人也是宁波人，成绩也一般，放弃了考研，进了宁波电信局，国家单位，正式员工，旱涝保收，但他又放弃了，自己去创办了一家叫网易的网络公司，做邮箱，做游戏，后来又做各种东西。

外婆不解地皱着眉头看着我。

我说，你听不懂没关系，关键是，最后他成了中国最有钱的人。

外婆说，怎么不好好读书不好好干活的人，都是中国最有钱的人。

我说，那不是，这只是一种选择，选择自己喜欢的东西，擅长的东西。

外婆说，那你也要自己去开公司？名字取好了没？

我摆摆手说，不是，我要去……我想了想怎么和外婆解释，于是装出弹吉他的动作说，就这样唱歌弹奏。

外婆看了我一会儿说，唱戏班子啊。

我知道外婆脑海里没有乐队的概念，浮现的肯定是唱越剧时，旁边那些拉二胡敲快板打三角铁的人的样子。

我说，差不多吧。

外婆皱着眉说，这个东西，也能赚钱？

我于是又举了一个例子，我说，在台湾有个组合叫五月天，人家以前排练的时候还被泼水，我很喜欢里面一个叫怪兽的吉他手，现在是中国非常有名的乐队，没有人不知道的。

外婆还是一脸没听懂的样子，说，五月天，有点耳熟。

我知道外婆对五月天，六月天，七月天，八月天，九月天都很耳熟。

后来外婆在电话里又把我的话告诉了我妈，我妈说，靠这个赚钱只能去公交站地铁站卖唱了。

外婆也没说什么，总之她成了唯一支持我的人。

但是那时候的我，其实只是想要活得自由一点，当然也自认为有很伟大的梦想，然而我也不可能成为被我用来搪塞大家的那些励志人物。

组个乐队当然赚不了什么钱，更何况我的吉他水平还停留在和弦都按不准的地步。

为了赚生活费，于是我给人家做枪手。给一个从台湾回宁波的老板写人物传记。

那时候，那个台湾老板找到了一家文化公司，那家文化公司又找到了我，不署名，写十万字，给了我三千块现金，事成之后再给四千块。

那时的我二十岁，兴奋地拿着三千块现金去找了冠明哥、阿毛等乐队成员。

冠明哥看着我甩着三千块的现金说，完了完了。

我说，怎么？被骗了？

冠明哥猛拍了一下我的肩膀说，我们要发财了。

于是我们拿着这钱吃了好几顿的火锅，此时，我的同学们正坐在宽敞明亮的教室里认真上课或者逃课在寝室玩游戏。

人生真的各有不同。这本人物传记我写了一年。这期间，我经常跑到老板建在山顶的别墅里去，去采访他的经历。他八十二岁，我二十岁，六十二年的差距是，他想名留千史，我想赚钱吃饭。

就这样一年之后完成了传记，我拿到了剩下的四千块。

没有当初拿着三千块时那么兴奋，但依旧吃了好几顿火锅。

这一年间，我也时不时去外婆家，告诉他，我正在给一个资产过亿的台湾老板干活，经常去他那豪华别墅聊聊天，他家养的狗就像猪一样大。

外婆说，你不是弄戏班子吗?

我说，是，正在弄。

有时候，我还会带着吉他去给外婆弹唱几首简单的曲子，《小星星》《茉莉花》《爱我别走》。外婆最喜欢听《茉莉花》，听完这首歌，她就觉得我特别有前途。

那时候我们经常排练一些曲目。我们很喜欢一句歌词：没有什么能够永垂不朽。于是我给乐队取了一个名字叫“临时乐队”。这个乐队存在了两年多的时间，之后我们为了生活作鸟兽散。

在我的记忆里，大家为了生活，开始变得越来越不靠谱。别说聚在一起排练，就算聚在一起打牌都不一定能到齐。

2014年夏天，我生日那天大家都没空，于是在生日的前一天请阿毛、冠明哥吃饭。

结果那天阿毛通宵给一个广告公司做视频到第二天中午，一觉睡到晚上十一点。

冠明哥女友发烧感冒，匆匆来了十分钟又匆匆去医院陪女友打点滴。

我只能一个人把吃不完的菜打包回家。

第二天早上，门外就传来一阵敲门声，门一开，外婆双手捧着一个打着蝴蝶结的盒子说，阿挺啊，生日快乐啊。

外婆捧着一个小蛋糕进门说，别嫌弃我啊，我这蛋糕也很高级的，早上走了半小时在新美心买的。

外婆年纪越来越大，行动越来越慢，知道的东西越来越少，却在第一时间跑到蛋糕店给我买了一个小蛋糕。

我说，那你也不用这么早。

外婆说，要赶在你出生之前啊。然后看了看手表说，哦哟，已经出生五分钟了。

然后对着我开心笑着说，二十六年前的现在啊，你知道你怎么样的吗？才这么点大啊，就跟热水瓶，不。然后环顾了一圈说，跟这个大瓶可乐差不多大。

我瞬间一脸擦汗的表情，我说，原来我是一瓶可乐。

外婆又比着手形容道，也可能和肯德基全家桶差不多大。

我说，好了，我大概知道我有多大了。

外婆笑着给我点起蜡烛，然后说，快，赶紧许个愿望。

我说，你也挺时尚的啊。然后我闭上眼睛默默许了个愿望。

外婆好奇地问，你许了什么愿望啊?

我说，愿望哪有说出来的，说了就不灵了。

外婆说，那就写出来吧。

我说，给你知道，就不灵了。

外婆说，我年纪这么大了，听过就忘记了。

我说，你为什么一定要知道呢?

外婆说，我就想知道，找女朋友这件事你到底有没有放在心上。

我笑了笑说，我许的愿望是希望你福如东海，寿比南山。

外婆摆摆手说，这些虚的就不要讲了，女朋友才是实实在在的。

我说，可是你也很重要啊。

外婆说，日子一天天过去，外婆是在慢慢变老，女朋友才是以后相互陪伴终身的人，以后她也会当妈妈，再以后她还会当外婆……那个时候我早就……

外婆说到这里，递给我一块蛋糕说，好了好了，这个就不说了，把蛋糕吃了。

我边吃着蛋糕，外婆边问，今天要不要请朋友吃饭，不要的话一会儿和我坐公交车去我家吃饭。

我说，昨天请过了，人没到齐，菜都打包回来了。

外婆说，怎么了？

我说，年轻人都这样，习惯了，还有更不靠谱的呢。

有一次，我和老枪、冠明哥大概有十几个人一起提前一周约好，定了一个晚上去双溪水库夜钓。

外婆说，大家都迟到了？

我说，那你太看得起大家了，那个晚上他们一个人都没去。

外婆突然一脸心疼我的表情说，那你一个人等了一个晚上？

我说，那倒没，我也没去……

外婆一脸我实在看不懂你们的表情。

从学校出来到现在，时间很快就过去了十年。离我和外婆讲那些励志人物的故事也已经过去了十年。

我并没有成为他们，也没有特别励志的故事。

那一天我在外婆家吃饭时说，这十年我也没做出什么。

外婆拿着筷子给我夹了一块肉说，生活没有很惨就很好了。

我一脸尴尬夹着肉看着外婆。

外婆说，平平淡淡就很好了。

我说，当初我还给你说了很多厉害的人，你还记得不？

外婆喝了一口汤说，早忘记了，哪有记得这么牢。

我说，当初我妈说我要去车站地铁站卖唱赚钱了。

外婆突然想到什么，说，你那首《茉莉花》还会不会弹?

我说，会。

外婆说，有空来给我弹弹。

也许，我还没有遇到过什么重要的事情，也许，这个世界上根本就没有什么重要的事情。曾几何时，我想，现在狐朋狗友一帮，最后百年孤独终伤。现在想来不觉得，因为人生往后的日子，其实都逃不开，身边鸡零狗碎满腔，远方雄心壮志未央，而我们该做的，也许就是，陪着外婆吃吃饭。

外婆的小确幸

那一天早上，我把我妈买的保健品送到外婆家。只见外婆到处转悠着找东西。

我说，什么东西丢了？

外婆说，家里的钥匙啊。

我说，最后一次看到是什么时候呢？

外婆一脸纳闷地说，昨晚放在左边的裤袋里，早上起来一摸就不见了。

然后双手一拍裤子，摸到一串钥匙，说，咦，怎么在右边的裤袋里？

我说，你记错了吧，年纪大了记忆力都不好。

外婆很倔地说，谁说我记忆力不好了？你才记忆力不好。

我说，那是钥匙自己长腿了？

外婆疑惑地看了看自己，突然恍然大悟地说，哦，裤子穿反了。

我憋了三秒没笑，然后说，这不是记忆力不好。

外婆说，你意思说我脑子不好了？

我说，我没说。

外婆意味深长地说，你小时候啊，裤子正着穿反着穿，还倒着穿，还当作衣服穿，我都没说你呢。

我说，对对对，我脑子不好。

外婆开始左三圈右三圈摇手臂扭脖子，做这个世界上最简单的早操。

我看着那些保健品说，听我妈说你最近老是半夜一两点钟醒来?

外婆继续做着伸展运动说，小事情，早解决了。

我说，怎么解决的?

外婆蹦了两下说，一两点钟睡觉就好了。

我无比佩服地说，方法真好啊。

外婆做完了简单的运动，擦了擦汗说，你看我每天早上都坚持运动。

我想了想，外婆一共甩了八次手臂，扭了十次脖子，外加蹦了五下，主要项目还是在于揉面部和太阳穴。

我说，你这运动量都不如我每天走的步数。

外婆听了这话一脸不屑，迅速从旁边抽出一根跳绳说，不信再给你跳两下?

说完就跳了一下，两下……

我忙说，行行行，我绝对信了。

外婆放下绳子笑着说，其实也只能跳两下了，再多骨头就散了。

我说，那也很厉害了，很多老年人一下都跳不起来。

外婆一本正经地说，能跳，我看到过的，就是落地后没站起来过。

我听到这话面带微笑地用手机连外婆家的蓝牙小音箱，但一直显示连接不上。

我说，前几天我给你买的蓝牙小音箱呢？

外婆一听，马上冲到院子里，从一堆杂物里翻出来说，在这里。

我说，怎么放那儿了？

外婆说，坏了，没几天就坏了。

一周前我给外婆买的这个蓝牙小音箱，还教了她无数遍怎么用智能手机连接蓝牙。外婆勉强学会了，所以我经常通过微信给她发一些戏曲链接，这样她通过蓝牙音箱能欣赏音乐。

我说，是不是你又忘了怎么连接？

外婆拿出智能机熟练地给我操作了一番说，这么简单的怎么不会呢？

我说，那什么问题呢？

外婆说，你听，里面都是打次打次打次砰砰砰的声音。

我拿过外婆的智能机一看，外婆从我发给她的歌曲链接那里，一路点进了一款音乐APP，一首欧美电音正在播放。

我说，音箱没坏，这就是音乐风格的一种。

外婆听了半天说，哦，歌还能这么唱啊。

我说，这你就不懂了吧。

外婆说，也懂的。

我说，你都把音箱扔杂物堆了，还懂?

外婆说，只要你告诉我这是音乐，那我听听也蛮好听的。

晚上，外婆和外公一起要去参加一个亲戚的婚礼。中午吃完饭外婆就对着镜子说，要打扮打扮。

外婆拿出一件外套穿上，在镜子前照了照说，怎么样?

我说，有点老啊，换件年轻的。

外婆一愣说，没有了。

然后又在镜子前站了一分钟喃喃自语地说，这件衣服，我平时都舍不得穿，重要的时候才穿。

我看着镜子里的外婆说，其实呢，也挺好的。

外婆转身对我说，你知道，下一次我穿这衣服是什么时候吗?

我说，不知道。

外婆说，你结婚的时候。

我说，这还真不知道。

外婆说，人生中重要的时刻越来越少了。

我说，人生每天都很重要啊。

外婆整了整衣服说，等你结完婚，也没什么重要的时候了，所以我打算这衣服天天穿着，穿到它破了为止。

外婆也没有化妆品，也不用护肤品，洗完脸就在脸上涂了点大宝面油。

我说，嗯，不错，年轻了十岁。

外婆笑着说，年轻成十岁啦？

我说，十岁就比我还小了。

外婆松了松她的围巾说，要是我变成三岁多好啊。

这期间外公一直在打盹。

外婆说，你看，这就是男人。

然后一把将外公摇醒说，做梦做好了吗？

外公揉了揉惺忪的睡眼说，没做梦呀，要走了吗？

外婆说，我们都已经回来了。

婚礼晚上五点半开始，此时才两点半，外婆要求现在出门，说是去周边走走看看。于是我带外婆和外公出发了。

一路上外婆坐在副驾一边看着路边的风景，一边和外公说，老头子啊，你看这里和二十年前完全不一样了啊。

外公在后面以响亮的呼噜声报以回应。

外婆回头看了一眼说，你看，这就是男人。

我说，我也是男人。

外婆说，你是小孩。

我和外婆外公走在宁波南部商务区的街头。

外婆环顾四周，一本正经地抬着头感慨，这高楼，比以前我们家养的猪还多啊。

我正在纳闷这比喻。

外公在旁边说，那当然，比养的鸡还多呢。

外婆连连点头说，老头子，这次你终于说对了。

我默默无语继续往前走。

在经过巨大的玻璃幕墙的时候，外婆后退了几步，对着玻璃幕墙看。

我说，这有什么好看的？

外公说，她没有看到过这么大的玻璃。

外婆顺了顺头发说，别乱说，我在照镜子。

外婆边走边说，这么多的楼，里面都在干吗？

我说，当然是上班了。

外婆装出敲键盘的动作说，就像电视里放的那样，都坐在电脑前噼里啪啦敲啊。

我说，对对对。

外婆恍然大悟地说，我以前一直以为打电脑都是玩游戏，没想到上班都在打电脑。

我说，现在都是用电脑了。

外公说，你以为是以前，都在田里插秧。

外婆看了外公一眼说，你睡醒了？

我们准时到达婚礼现场，婚礼现场气氛很好。

外婆认真地看着每一个环节，每次都问我一句，你以后要不要这么弄？

婚礼过半，外婆握着对方长辈的手说，很好很好，搞得比春晚还好。

我只能默默吃菜。

婚礼结束，外婆出来一一和别人道别，脸上洋溢着灿烂的笑容，还不忘整整自己的围巾，就这样喜气洋洋地坐到了车里。

在车里外婆依旧笑着说，好是好，就是饭店里怎么没有饭？

外公立马在后面普及说，现在的饭店啊……

话音未落，外婆一挥手说，你别说了，赶紧回家，吃面去。

我说，我们去外面吃面吧。

外婆说，家里有面，去什么外面。

我说，环城西路新开了一家重庆小面。

外婆说，人要懂得节省。

我说，那杂酱小面，红烧肥肠小面，那味道……

外婆说，那行吧。

在人头攒动的面馆内，外婆和外公津津有味地吃着面。

外公哗啦哗啦几下就把面给吃完了，连汤都不剩。

外婆则一脸惊讶地看着外公说，老板碗都不用给你洗了啊。

我说，再来一碗吧。

外婆忙说，不用不用，我的给他一点就好了。

然后边夹面边说，我们年轻的时候就是这样夹来夹去的。

我说，可是现在有钱吃面了啊。

外婆说，夹来夹去感情好。

外婆继续慢慢地吃着面。旁边有两个中年男人在分析最近的房价趋势。一个人说后悔去年没多买几套房子，现在涨了这么多。另一个说，早知道去年咬咬牙花个三百万买套房子了。

外婆一听到这里，深深地咽了一口面，然后对着我小声说，咬咬牙就能有三百万了呢。

我说，嗯，也许吧。

外婆喝了一口汤说，我牙齿都咬光都没有三万块呢。

我说，好，吃，先吃吧。

我们吃完面出来的时候，外婆说，三碗面就要五十多块，这社会变得好快啊。

然后脑子里盘算了一下对外公说，老头子啊，四十年前，五十块能干什么?

外公说，能吃一年的面吧。

外婆一瞪眼说，就知道吃，不过，也对。

我把外婆和外公送到家。外婆站在我车边说，今天真的太开心了。

因为看了那么多高楼，看了比春晚还好看的婚礼，看了一路的风景，还吃了这么贵的面。

外婆的脸上依旧洋溢着笑容，她说，明天早起，我得多蹦两下，年纪大了，但也不能太胖。

可能这世界上最华丽的篇章，都抵不过外婆笑呵呵地说，早点回家，早点休息。

然后一转头看着外公默默前行的背影说，啊，老头子啊，你就不能等等我啊。

你冷吗？

外婆七十多岁了，大部分时间都在参与别人的事情，而且一参到底。

天气越来越冷的时候，外婆一个劲儿在家里整各种旧衣服，整了好几天，把自己和外公的旧衣服整了一箱，还外加被子床垫。

外公说，这能卖几个钱？

外婆二话不说，让外公去借了一辆三轮车，和外公一起把这一车东西拉到了村庄附近的一个凉亭边。

凉亭里有几个流浪汉，外婆对其中一个说，你冷吗？

一个流浪汉蹩脚地说，谢谢政府。

外婆一惊说，没事没事。

外公笑笑说，这是我领导。

流浪汉说，谢谢领导。

外婆说，铺好铺好，别瞎说。

外婆说，这个凉亭的流浪汉她观察了很久了，每天睡觉一想到，天气越来越冷了，亭子里几个人日子不好过，睡觉就睡不着了。

我说，你简直就是民政局局长。

外婆说，民政局是干吗的？

我说，和你干的一样。

外婆说，哦，那他们哪来的这么多旧衣服被子啊？

我说，人家专业救助贫苦百姓的。

外婆若有所思地点了点头说，还有这么一个东西啊。

我说，对啊。

外婆想了想说，其实我也是贫苦百姓。

我……

外婆又说，阿挺啊，这个民政局在哪儿啊？

我……

这一年的冬天，我和外婆坐车从外面回来。在车站附近遇到一个小伙子，说，没找到工作，钱也被偷了，能给点钱吃个饭吗，太饿了。

我和外婆说，骗子。

外婆把我一挡说，要多少？

小伙子说，五十块。

于是外婆掏出五十块给他。小伙子连连感谢。

回头我和外婆说，这明显就是骗子。

外婆想了想说，不对，去找他。

我以为外婆突然醒悟了，没想到他叫住那个小伙子说，那你有地方住吗？

小伙子一副可怜样说，没有。

外婆说，跟我来。

外婆竟然不听我劝阻，领着小伙子到了一个自助银行门前。

我心想，外婆什么时候学会了用ATM机？这是要取大钱了？

小伙子估计也心想，这年头也只有从老年人这里能骗出新境界。

正当我要阻止的时候，外婆推开玻璃门说，小伙子啊，你就睡这里吧，不冷又干净，我看很多人都睡这里的。

小伙子愣了半天，憋不出半句台词。

深感意外之余，小伙子转身就走，外婆还在后面不解地喊，是不是怕太冷啊，太冷我给你去拿一块硬纸板铺着啊。

我一直和外婆解释是骗子，外婆就是不信。

外婆的结论是，现在的年轻人啊真不肯吃苦。

回到家的时候，外婆准点打开电视机，收看一部天天追着看的抗战剧。一集播放完，外婆觉得看电视的时候，不吃点花生米太没有感觉了，于是决定出去买。

我说，我去买。

外婆说，你不懂的，我知道买哪种。

外婆准备出门的时候，第二集又火热地开始了。

外婆开门的时候，电视里地下党正在开会，突然传来敲门声，外婆就扶着门把手一动不动。

过了会儿见电视里没什么进展，于是准备走出门外，但队长的枪一上膛，外婆跨出去的前脚又收回来了。

见还是没什么进展，就走出门外，关上了门。此时，电视里面枪声响起。

外婆一阵猛敲门说，快开门，怎么开枪啦？

于是我赶紧去开门。

我说，你别激动，就这电视剧都能看到这地步？

外婆一把将零钱塞到我手里说，你去买。

我还没反应过来，她又将钱拿回去说，这集结束再去吧。

一集结束，外婆出去买花生米，买了半天也不回来，外公都已经在床上打起了呼噜。这时候外婆急匆匆地赶了回来，着急地说，不好了，不好了。

我说，怎么了？着火了？

外婆说，隔壁阿辉的儿子到现在还在做作业，听说快期末考试了，什么都没有复习过。

我松了一口气说，你至于这么紧张吗？

外婆拎着花生米说，考不好又要被骂的，现在小孩子很辛苦的。

我说，这又不关你事。

外婆说，昨天我和他妈说过了，实在来不及，就让我外孙来教一下吧。

我说，我读书的时候考试都是看旁边的啊。

外婆说，那你教人家一下怎么看旁边的人。

我……

我说，你也不用管这事了。

外婆说，他妈妈可凶了，成绩不好，半夜都在发火啊，我都被他们弄得睡不着。

我说，不至于吧？

外婆一脸感慨地说，所以成绩差没关系，有好妈妈多重要啊。

想了想又说，没有好妈妈也没事，墙隔音一定要好。

外婆说，你看你小时候考试不及格，你妈妈都跟别人儿子考了不及格一样。

我说，我妈这么不管我吗？

外婆说，主要你妈是我在管。

说到这里，另一部都市情感剧开始了，外婆又一脸认真地看了起来。

外婆几乎所有的电视剧、电影都能认真地看进去。

有一次电视上在放电影《迷失东京》，外婆竟然也看得津津有味。

我好奇地问，看了有什么感觉？

外婆说，东京很大。

我说，就这样？

外婆说，不然怎么会迷失啊。

我说，那确实有道理。

外婆说，要是让我一个人去东京的话，飞机场都走不出吧？

我说，有这么夸张吗？

外婆说，上次在宁波火车站，走了半天才走到了外面。

外婆在看都市情感剧的时候，经常入戏很深，并且情感上也很投入。

看到婚外情就说，破坏家庭的人啊，杀。看到小三上位就说，抢男朋友的人啊，斩。

我说，你十八般武艺都用上了啊。

外婆说，还有炸的，烤的，蒸的。

我说，说得有点饿了啊。

外婆想了想大概家里没什么吃的，于是指着电视上的女演员说，你看，这个好不好看？

我说，不好看啊。

外婆说，这样还怎么找得到女朋友？

说起找女朋友，有一次和外婆同一个村庄的一个阿姨，直接拿着姑娘照片到我外婆家，说是她的侄女给我看看。

我一个劲儿地说着一些客套话。

外婆看了照片，语重心长地和我说，古人有一句话说得好，杯酒可以解愁，丑妇可以白头，我看这挺好的。

这话说得旁边的阿姨脸一阵亮白。

这一年冬天到来之前，外婆就说帮我织一件毛衣吧。

我说，现在都去买的，很方便的。

外婆说，那我给你织一条围巾吧。

我说，这个也可以买。

外婆说，那我给你织一副手套吧。

虽然手套也可以买，但我想了想说，好的。

因为外婆总停不下来，天气一冷，她就想自己织各种东西，而且在秋天的时候就开始织了。

这一年冬天外婆织了很多手套，大概有十多副。

她看着那些手套说，这是村头的阿翠的，这是桥边的阿花的，这是阿辉的儿子的，这是给小圆圆的……

村里的老少她都要送遍了。

我说，那我的呢？

外婆说，别急啊，还在织，你的事情就是我自己的事情。

正在一旁洗菜的外公插嘴道，自己的事情都排在最后的。

外婆斜了外公一眼说，好好洗你的碗。

然后对我说，没事，今年的冬天有点长，不要担心。

外公边洗边说，冬天长短你都知道了？

外婆说，你还洗不洗？

临近过年的时候，外婆总会去买两件新衣服。老人家总保留着过年买新衣服的习惯。

我陪着外婆逛街买衣服，结果兜兜转转在商场里迷路了。

我看见服务员便问，大姐，请问出口在哪儿？

那女的瞪了我一眼，我一看还算年轻，于是改口，小姐，出口怎么走？

那女的又奇怪地看了我一眼，外婆忙说，大小姐，出口怎么走？

出来的时候我说，你反应还挺快的啊。

外婆说，我就随口说说。

当我们走在镇明路口时，一个小伙子骑车甩飞在地上。

外婆看到一个劲儿说，和你一样啊，和你一样啊。

然后赶紧走过去扶起他说，没事吧？

小伙子还没反应过来，外婆就把自己织的手套摘下来给他说，骑车要戴手套啊，防风耐磨。

小伙子愣愣地接过手套，以为外婆是推销手套的。

外婆说，自己做的，戴上吧。

然后就头也不回地走了。

我和外婆走在大风里，外婆搓搓双手，我也是瑟瑟发抖。

外婆说，冷？

我说，有点啊。

外婆说，冷的话就给女朋友买条围巾吧。

我说，是我冷啊。

外婆说，看着女朋友温暖，你也就温暖了。

我说，是不是饿了，给女朋友买点吃的，自己也就饱了？

外婆说，是啊。

我说，你以前就是这样对外公的吧，真好。

外婆搓搓双手说，这只能男对女，单向的。

我说，为什么？

外婆说，男女有别。

我说，不是男女平等吗？

外婆说，哎呀，公交车来了，快跑。

我……

结果我一路狂奔，外婆则慢悠悠地赶到说，算了算了，下一班下一班。

其实，这个世界上，活到一定的年龄，外婆自己并没有什么事情了，但她想成为这个世界的一分子，所以更多地去参与到别人的事情当中，于是便有了外婆自己。

小灾难日记

2013年的秋天，台风“菲特”几乎淹了半座宁波城。

外婆家的水高过了膝盖。

我去看外婆的时候，蹚水进家门，看见外婆盘腿坐在一张桌子上。这姿势绝了。身边还放着一个收音机，一个手电筒。

我说，都来不及搬东西。

外婆说，一觉醒来，家里就变成河了。

我说，感觉如何?

外婆说，感觉自己在台湾了。

我说，啥?

外婆说，上岛了。

我看了看外婆坐的那张小圆桌说，这就是台湾?

外婆说，宝岛啊。

我委婉地说，你对台湾的理解有点小偏差。

外婆说，小偏差没事，大问题没有就好。

我说，嗯，你说得对，外公呢?

外婆说，出去聊天去了。

我说，你别怕。

外婆说，怕什么，大海都见过。

我说，嗯，见过世面就是不一样。

外婆说，但从没见过家里有河啊。

我说，你还是怕了。

外婆说，我是假装怕一下。

我说，为什么要假装?

外婆说，什么都不怕，万一有什么，政府都不来救我了。

我说，境界真高。

外婆说，比水位高了点。

夜幕降临，大水未退。电力损坏，一片漆黑。外婆吃了点饼干，点起一根蜡烛。

外婆依旧坐在桌上，我则坐在另一张桌上。

我说，如果明天水位涨到了桌子这么高怎么办？

外婆说，那就把两张桌子叠起来。

我说，万一第三天又高过了两张桌子呢？

外婆说，那就坐到屋顶去。

我说，万一第四天高过了屋顶呢？

外婆说，你看你和二十年前没区别，还是这么幼稚。

我……

外婆说，水位高过屋顶，你还问我怎么办，你应该去问政府怎么办。

我说，你好有觉悟。

外婆说，当然了，真的高过屋顶其实还是得靠自己。

我说，所以说？

外婆说，所以说其实你也不幼稚。

我说，哦，反正我也快听不懂你说的话了。

外婆说，那你给我讲讲外面的世界，最近发生了什么事情？

我说，没有比水位持续高涨更大的事情了。

外婆说，也是啊，我们现在是隔着一条河在聊天啊。

我说，风吹稻花香两岸啊。

外婆突然打开手电筒，朝水里四处照着。

我说，你找什么?

外婆说，看到没，有很多鱼，这说明我们底下真的是一条河，是活水。

我说，嗯，挺好的，

外婆说，所以说是有生命力的。

我说，对的。

外婆说，生命是顽强的，也是勇敢的。

我说，你这道理说得有点过了。

外婆突然关掉手电筒说，那我们说点别的吧。

我说，你想听什么?

外婆说，你不是经常讲原配出轨小三上位老板跑路婆媳大战的故事吗?

我说，都讲完了啊。

外婆沉默了一会儿，底下荡起水花的声音。

那支蜡烛在初秋的夜风里竭力支撑起一片昏暗。

外婆说，人活着最重要的是什么?

我说，钱。

外婆说，我就知道你会这么俗气。

我说，我就知道你会说我俗气。

外婆说，我就是喜欢你这么俗气。

我说，我就知道你喜欢我这么俗气。

外婆又沉默了。

我说，怎么了？

外婆说，你什么都知道，我也不知道说什么了。

我说，其实我什么都不知道。

外婆说，我就知道你什么都不知道。

我说，别玩了，再说下去，真的要睡着了。

外婆看看沙发上的外公说，这才叫淡定。

水位离沙发的坐垫也就两三厘米，外公就这么在沙发上睡着了，水花荡漾几下都能拍到脸上。

我说，其实应该去睡政府安置的地方。

外婆说，睡家里踏实。

我说，这还能踏实？

外婆说，金窝银窝，不如家里草窝。

我说，明天去搞一个橡皮艇。

外婆说，顺便搞一根鱼竿，可以钓钓鱼。

夜幕越来越深，我朝四周看了看。

我说，这风和水好像越来越大了？

外婆说，这说明家里风水好。

我愣了半天说，很有道理。

我说，你什么时候睡？

外婆说，等你外公醒了，我们轮流值班。

我说，不是还有我吗？

外婆说，给你讲个故事的开头，你就会睡着，靠不住的。

我说，那是二十年前的我。

外婆说，你没变。

我说，我变了。

外婆说，那好吧，我睡了啊。

我……

外婆突然若有所思地说，我听人家说，现在股票很赚钱，我给你一千块，你能帮我赚六千块吗？

我说，这个不确定的。

外婆又若有所思地说，我还听说现在网上卖东西很赚钱，你外公自己种的蔬菜能卖到六千块吗？

我说，这个也不确定。

外婆又想了想说，还有听说玩游戏也能赚钱，怎么玩能赚到六千块？

我说，不知道，为什么一定要赚六千块？

外婆说，我刚看了一下，家里损失的东西，大概六千左右吧。

我想了想说，嗯，炒股很简单，一千马上可以赚六千。

外婆一脸惊奇地看着我，然后准备下桌子。

我说，你干吗？

外婆说，拿钱。

我说，不急啊。

三天后，大水完全退去。

外婆打扫完屋子，就给了我一千块。

第二天我就从自己的银行卡里取出六千块，马上送到外婆家。

我说，拿着，股票赚来的。

外婆一愣，接过了六千块外加本金一千块。

外婆突然又塞给我一千块。

我说，别这样，我不缺钱。

外婆说，不是，你再帮我赚个六千。

我……

外婆说，没事，有个三千也可以了。

我……

外婆说，我听别人说，几千块就能赚上百万？

我说，你要上百万？

外婆说，那我也不要，屋里根本放不下，我看过了，所有角落加起来，最多放五万块。

我说，你钱怎么老放角落呢？

外婆说，难道放大门口啊？

我说，放银行啊。外婆说，被偷了呢？

我说，他们会负责啊。

外婆说，自己的钱让别人管？

我说，自己的钱都要自己管吗？

外婆想了会儿说，那倒也不是，你外公的钱还是我管的。

我说，你厉害，你觉得多少算有钱呢？

外婆说，三万吧，够了。

外婆对金钱真的有自己的态度。喜欢钱，但又有一个很明确的标准。不像我们有了十万就想要一百万，有了一百万就想要一千万，最后一个亿都嫌少。

台风大水过后，我就陪外婆出去走走。我们看到一条路边有很多被水浸泡过的汽车。外婆虽然不懂车，但一辆一辆地看过去，心疼了无数遍。好像这车都是她的。

外婆说，这修一下很贵吧。

我说，那当然了。

外婆握了握她那个小熊钱包说，这钱装满都不够了。

我说，十个都不够。

外婆说，吓我啊，十个算什么。

我说，不，你见过世面。

外婆边走边说，炒几次股票不就赚来了吗？

听了这话，我默默擦了擦汗。

我和外婆在外面吃了一个晚饭就往回走。道路又恢复了往日的繁华。汽车又堵成了火车。

外婆说，你说这么多的车，这些人都去干吗？

我说，做各种各样的事啊。

外婆说，现在的人，事真多。

我说，不都是为了生活吗？

外婆说，像我一样，有个三万块就够了，事情就会少很多，车也会少很多。

我说，三万块面包车都买不起。

外婆说，有面包就够了。

我说，对，面包很重要的，面包和爱情两个都不能缺。

外婆说，你两个都没有。

我说，那面包和爱情你选哪个？

外婆说，面包，新美心的好吃。

我说，那我还是选爱情吧。

外婆说，那女朋友呢？

我说，我们快到家了。

外婆说，到家了我们好好聊聊这个。

一聊到这个，我就准备悄悄从外婆家先溜出来。

外婆一把抓住我说，前几天看新闻，说几个年轻人路上玩跑车，速度太快，出了事故，你一定要小心，千万不要这样。

我拉着外婆的手说，放心吧，我根本就没有跑车。

外婆说，那你也别被跑车撞了。

我……

外婆说，走吧，有了女朋友了别忘记和我说。

我说，哦。

外婆说，别下次台风来了，女朋友还没有来。

我说，哦。

外婆转身走进院子，开始认真地摆弄起那些花花草草，就好像沉浸到了另一个世界当中。在这个院子里，在这些普通的花草间，我们撇开自以为是，就什么也不是。

年华里的小忧伤

那时候我一个人住。辞掉了不喜欢的工作。一切都很迷茫。

我住在郊区的21楼，天天看看月光，飞机的起落，和不远处的城市。

大部分时候我都是独自一人，没有温暖身心的女朋友，也没有无话不谈的男朋友。每天无所事事，也不曾想过未来。大部分时候，我游离在这个世界之外，譬如，失语一星期。

以上是我自己翻译的村上春树《昨天》里的句子。

我在十八岁的时候，学了几年日语。我觉得此刻这些句子就是我自己。

我在差不多觉得自己就要这样度过漫长一年的时候搬了家，但外婆还是来我新住的小区看我了。

她说，怎么这么久不见人了，子弹都打不到你了。

于是，外婆左手提着一袋苹果，右手拎着一些菜，兜兜转转了很久。一个老年人，大老远跑过来，结果发现小区一大片的楼都一模一样，瞬间就比我还迷茫了。

她拿着电话说，我迷路啦。

我说，你在哪儿?

外婆说，就在小区里。

她拿着手机说，大半个城市我都公交车坐过来了，竟然在小区里迷路了十多分钟。

我也不知道她在哪里，于是让她回到大门口，我去接她。

她气喘吁吁地说，你不用来，我在大门口了，重新来一遍，你给我指路。

十分钟后，外婆终于说准备坐电梯上来了。

可是过了十多分钟，还不见外婆上来，我打电话给她说，是不是又走错了?

外婆说，电梯好像坏了。

我坐电梯下去，看到外婆站在楼下大厅，然后和外婆一起上楼。

外婆说，哦，原来到几层按几啊。

我说，你怎么按的?

外婆说，我以为到几层对着1按几下。

我说，你把电梯理解得太复杂了。

外婆说，是啊，我都准备爬楼梯上来了。

进我家门的时候，外婆看到屋子里乱糟糟的。

外婆把窗帘拉开说，都三四个月没见了吧。

我说，工作忙啊。

外婆看了一眼我的屋子说，我看你，都半个月没有出门了吧。

的确是，桌子上还放着我前几天吃剩下的肯德基全家桶。

外婆看了一眼桌子说，明明一个人住，却还要点全家桶。

这话说得我忧伤无比。

外婆在我的屋子里到处转悠。看到跑步机就说，这东西我电视上看到过，不敢上去，怕滚下来。看到我买的山地车，就说，这车子很快吧，然后拍拍坐垫说，这么高，我腿都不够长。转悠到厨房的时候，用手碰了一下台面说，一层灰啊，你平时都吃什么？

我说，吃灰啊。

外婆说，眼大（宁波话，傻子）啦，到我家去吃吧。

在阳台上，外婆看着夕阳落下去，然后又看看楼下。瞬间又把头给缩了回来，嘴里一直念叨，哦哟，太高了，太可怕了，头都晕了。

然后自己拍拍胸脯说，别怕别怕，看看远方就好了。

晚上的时候，外婆趴在阳台上看月亮，和远处城市的灯光。

外婆说，我从来没有在这么高的地方看过月亮。

我说，感觉如何？

外婆说，感觉月亮里的砍树人看得更清楚了，脸都可以看清楚了。

我说，心理作用啊。

但是外婆就趴在阳台上看了半个多小时。

我说，还在看?

外婆说，在看嫦娥有没有在里面。

我说，那你真的很厉害啊。

外婆扶着护栏说，我知道这是神话故事。

我说，那你还看。

外婆一脸认真地说，但我相信神话故事。

外婆相信神话故事是因为，她认为神话故事里很多道理都是对的，譬如努力去做一件事肯定就会成功，譬如心地善良的人一定会有好报，譬如恶人下地狱好人上天堂。

外婆回到屋子里问我，最近没有去上班吗?

我说，公司接了一个大活，忙着写文案呢。

外婆说，我看你都很久没出门了。

我说，对啊，天天窝在家里写东西，忙死了。

其实我早就辞掉了工作。

小时候我不小心磕碰一下，就恨不得放声大哭让外婆知道我很疼。长大后，越有什么事情越不想让外婆知道。也许觉得外婆年纪大了也帮不了什么，也许是不想让她担心。

再过几个月，我可能连房租都付不起了。

外婆啃着她自己买来的苹果说，那就好，没有困难就好。

我笑笑说，忙着赚大钱呢。

外婆说，赚大钱了，不要忘记给我花点啊。

我说，你要怎么花啊。

外婆嚼着苹果说，菜场多买点菜，城隍庙多去走几趟。

那段时间我胡乱地在网上投着简历，把自己写得很完美，然后也不管什么岗位就这么海投。

我想去一个文化公司当个策划总监，或者杂志社当个主编什么的。

结果，只有一个贸易公司给我回了电话，说看了我的简历，觉得应该适合他们的公司。我想，我靠贸易公司能做什么。结果我发现他们公司招的是小货车司机。

考虑了一下人生与理想，于是我成了一名小货车司机。

那几个月的时间里，我每天忙碌地穿梭在长三角的几个城市当中，偶尔有一次还开到了珠三角，开得我双腿发麻，头昏脑涨，晚上闭上眼睛脑子里全是方向盘。

外婆只知道我工作特别忙，忙到天天在外面出差，她还一度羡慕我又能赚钱又能去很多城市。她经常打电话过来问我，今天在哪儿了？

我说，在无锡，高速上呢。

外婆说，哦，那不说了，好好开车，我在散步呢。

过了一小时，我给外婆打电话说，我到苏州了。

外婆在电话那头一惊说，这么快？我都还没散步到家呢。

我说，我一会儿还要去上海呢。

外婆说，要多久啊？

我说，也就一个小时多点吧。

外婆说，这么快，两集电视剧都没放完啊。

我说，去完上海就要马上去杭州。

外婆说，这么忙啊，一定赚了很多钱吧。

我怀揣着刚发的四千五百块工资说，赚了赚了。

我就这样当了三个月的小货车司机，觉得自己未来的职业规划不会是一名优秀的小货车司机，于是领完第三个月工资就走人了。

不当小货车司机之后，我的生活又陷入了云里雾里。我依旧不经常去外婆家。只是窝在家里看电影听歌写东西，写的东西也基本没人看。偶尔发一篇到微博上，会有那么一个人给我评论。这个人的评论是，在了？我回复，在了。他会回，在干什么？我说，没干什么。这样我们在微博的评论里都能一来一回聊个几十条。

这可能就是无聊和孤独。后来我许久不登录微博，某一天登录的时候发现这个人连着给我发了三天的私信，第一天说感觉世界一切都坍塌了，第二天让我告诉他活着的意义是什么，第三天说我已经选好去死的地方了。

我赶紧回复，大哥，还在吗还在吗还在吗？这个人就再也没有回复过我。我不知道此时此刻他的处境如何，或许我们应该相互比谁更惨，来博得一点心理安慰，但是我想他一定比我遇到的困难更大。

可能，每一个人的孤独，并不是自己的孤独可以衡量的。

我不去外婆家的日子里，就轮到外婆抽空来看我。在密密麻麻一模一样的楼之间，她已经能很熟练地找到我的门。

外婆给我做菜，打扫房间，晒被子。

我大部分时候就一个人听歌，发呆，或者抽一支烟看看外面，一天就这么过去。

外婆有时候会问我，今天也不用上班吗？

我说，在家工作。

外婆有时候会问我，要吃什么？

我说，什么都可以。

外婆也会默默递给我一千块说，给你。

我说，不缺钱。

其实在外婆的概念里，这个世界上，如果自己想，变成蚂蚁也可以力量无比，去看外面的世界，看看聪明人和傻子都是怎么活着的，也许到头来发现自己是个更大的傻子，也没关系，你要是善良，不作恶，老天就会保佑你。

我说，保佑我什么?

外婆说，保佑你平凡。

我说，我要改变世界。

外婆说，改变世界的人最后都想做个平凡的人。

我说，那就让我先改变世界吧。

外婆说，先找个女朋友吧。

有时候，一个人待久了就会觉得很失望很失落。

我什么都不告诉外婆。

外婆也假装不说破。

她只是让我吃饱穿暖。

外婆说，天可崩地可裂，我就在你身边。

我说，好押韵。

外婆说，记得写书里去。

蓦然回首，发现那些年华里的小忧愁，全部被外婆的糖醋排骨、西红柿炒蛋、油炸熏鱼、葱油大蟹给慢慢消融了。

像少年一样回家

冬天，我带外婆去吃火锅。

外婆用手弹了弹锅说，这锅倒是比家里的大很多。

我让外婆戴上餐厅准备的围兜。外婆戴了半天没有戴上。

外婆于是说，不用戴，没事的。

我说，要戴的，不然要弄脏衣服。

外婆说，这衣服都没围兜贵呢。

我……

在调料区，外婆拿着小碟子呆呆看了半天，问，酱油呢，醋呢？

我说，这里这里，其他你可以自己调。

外婆拿着酱油和醋就走，边走边说，吃个火锅还有这么多料，蘸个酱油米醋就好啦。

结账的时候，四百多块钱，外婆拉着我说，不合算，下次我买个更大点的锅，你来我家里吃。

我也带着外婆去五星大酒店吃自助餐。

外婆在各种西餐中餐前徘徊了很久，告诉我，我发现中文也都快看不懂了。

我说，怎么了？

外婆说，很多菜名都看不懂，菜也从来没看到过。

于是，外婆就点了两份蛋炒饭，津津有味地吃完了，然后擦擦嘴说，吃饱了吃饱了。

我说，想喝点什么吗？

外婆从小包里掏出一瓶农夫山泉说，我自己带着呢。

外婆喝了口水，看着旁边几桌大盘大盘的菜说，哇，怎么这么能吃啊？

我忙说，嘘，小声点小声点。

外婆盖上瓶盖说，对对，公共场合，要注意素质，电视上经常说的。

出来的时候外婆问我这顿花了多少钱，我想了想不能如实告诉外婆，就随便说了一个最低数字，一百块。

没想到外婆一惊说，啥？两碗蛋炒饭要一百块，我跟你说，你下次来我家吃，我给你放十个蛋，别说蛋炒饭，蛋炒蛋都没这么贵……

在酒店大堂我忙说，嘘，小声点小声点。

外婆也压低声音说，嗯，最多最多五十块。

我每次带着外婆出去，外婆回来总会时不时感慨，外面好是好，但很多还是不如家里的好啊。

是的，那是二十年前，我哪里都没有去过。

那时候我大部分的时光都是在外婆家度过，甚至几个月都在外婆家。

在外婆家一切都是瞎玩，是属于这一生中最瞎最美的日子。

譬如看电视这件事在自己家里也可以做，但是在外婆家看电视感觉就不一样。再譬如，在外婆家看日落和自己家里看日落感觉也很不一样。那时候我还不知道，多年以后会有一个叫周杰伦的歌手在歌词里表达了这种感觉的与众不同。

那时外婆家是黑白14寸电视机，长着两根天线，那时候还没有“天线宝宝”。它经常在播放过程中出现刺刺声和雪花。这时候外婆就敲它三下，马上就恢复了正常。对于我而言，这台电视机播放的一切都变成了植入广告，有时候我看电视剧，就是为了等着它出现刺刺声和雪花，然后过去敲它三下。这种最早的人机互动，让我乐此不疲。

外婆说，这个电视机是有灵性的。

我说，真的很听话。

外婆说，比你还听话。

在我无法反驳的时候，有一次晚上电视机却失灵了。我猛敲了好几次，它还是持续着刺刺声和满屏的雪花。

我说，它怎么没有灵性了？

外婆说，它累了，要睡觉了，你也该睡觉了。

这台电视机最后以十五块钱的价格卖给了收破烂的。但那时候外婆还换了一种表述方式，她说，电视机它生病了，现在我们把它送到医院里去，等它治好了再回来。但是我已经知道外婆是瞎说的，其实就是它以十五块的价格被卖掉了。这说明我正在不经意间慢慢地长大，可能外婆都来不及发现我的这种改变。

童年有时候就是这样慢慢地一丝丝被抽离，譬如我再也无法拥有这种离谱的人机互动的乐趣，我甚至有点黯然伤神。当然若干年后，如果再有一台这样的电视机放在我面前，我也不会感到多么有趣。

这可能，就是所谓的长大了。

长大以后，我大部分时间是在家里看电视，至于看日落这件事，说出来总有点矫情，谁会经常去看日落呢？因为大家很忙，忙着各种事情，世界发生了很多改变。

长大而又很年轻的人们，最后连电视都不经常看了，手机取代了一切。至于看日落，长大后的我们都跑到了比外婆家更远的地方去看日落，拉斯维加斯的日落，摩洛哥的日落，乌斯怀亚的日落，还有各种我记不住地名的日落。

于是，我就经常活在外婆的想念里，她想我的时候仍旧用老式的诺基亚打我电话，问我什么时候去她家。

我说，空了就会去。

那时候的想法就是，去外婆家也是看电视吃饭，这在家里也可以做。

我已经体会不到在外婆家做同样事情而产生的不同感受了。

2000年年初的时候，周杰伦已经成为亚洲小天王，那首“想带你回我的外婆家，看着日落……”的歌曲火遍了整个中国。

我们很多人哼着这首歌，在外婆家以外的地方，耍酷，叛逆，发呆，追求喜欢的姑娘，梦想着未来，还要改变世界，就这样经历人生中另一段又瞎又美的时光，所有人把这段荷尔蒙分泌旺盛的阶段称之为青春期。

我们还在不断地长大，外婆的老式诺基亚经常对接着苹果的最新款。里面依旧传来熟悉的声音，什么时候来外婆家？有时候你会觉得这声音就像从二十年前传来，一切都未改变，电话的那一端还有一台14寸的黑白电视机等着我去人机互动。

有时候外婆打我电话，还会问，你还记得那台生病的电视机吗？

我说，记得。

然后我就突然间不知道说什么了，外婆也不知道怎么接话了。几秒钟之后，外婆说，记得就好，记得就好。然后再加一句，也不知道它现在怎么样了哦？

我一听便说，一定老一样，敲三下，马上恢复原样。

外婆听了哈哈大笑，最后就问我，最近还忙吗？

我的回答，当然是“忙”或者“还好”，成年人的世界哪有不忙的，就算你躺在沙发上玩手机刷朋友圈也是很忙的，反正总有忙不完的事，一个成年人很闲，也会闲得特别忙。

外婆有时候也会来一句，忙一点好，年轻人就是应该忙一点。但我们大部分的时间都是在瞎忙，成年人很多时候除了瞎，就是忙，这的确一点都不美好。

所以隔两三个月，我还是回外婆家看看。比起二十年前去外婆家，同样的距离真的太方便了，我在想如果二十年前我就学会了开车，那我肯定天天往外婆家跑。外婆说，肯定不是，如果这样，二十年前你就会去更多更远的地方。

我躺在外婆家的沙发上，然后摸出了手机。外婆说，你们每天对着手机在干些什么，我说，玩玩游戏，看看新闻，和朋友聊聊天，刷刷朋友圈、微博，买买东西，当然还有工作的事情。

外婆说，事情真是多啊，这一个手机里面能装这么多东西。

我说，现在是网络时代。

外婆握着她那款诺基亚说，这世界的一切都是空的。

我听到这句话就猛然一惊，因为她真的不知道释迦牟尼也说过这话，这就是她厉害的地方。

她说，其实你们并没有什么大事。年轻人每天就拿着手机刷刷刷对着电脑敲敲敲，也没什么多大的事，有钱人也就每天谈谈生意数数钱，也没什么多大的事，没钱的人也就每天打打工吃吃饭，也没什么多大的事，领导人也就每天开开会讲讲话，也没什么多大的事。

她说，这世界上最忙的就是你外公，每天早上去自留地里打理青菜萝卜黄瓜西红柿，下午还要搓几圈麻将，不小心搓晚了还要被我“骂”一顿，然后偶尔帮忙做饭，油盐醋放错还要被我再“骂”一顿，我吃完饭他酒还没喝完，我就先出门散步，散了两站路，等了他半天他还在洗碗，回去再“骂”一顿。

我说，外公，好忙。

外婆说，你比你外公还忙。

我说，那没有外婆忙。

外婆说，周杰伦有一首歌叫，《牛仔很忙》。

我说，这你都知道?

外婆说，我还知道他有一首，《龙的传人》。

我说，这你就瞎说了。

外婆说，我也不知道哪里看到过，随便乱说的，我又不懂。

我说，你已经懂得很多了。

在我思考着要不要在外婆家吃晚饭的时候，外婆已经拿出了一个个菜说，来，臭冬瓜，宁波特色，蟹糊，宁波特色，菜烘汤，还是宁波特色，你还记得伐，小时候你一口喝光了菜烘汤，真的就是一口啊。

其实我早就忘了。

长大以后也会去一些标榜着“妈妈的味道”“外婆的味道”的餐馆吃饭，却已经好久没有在真正的外婆家吃过饭了。

现在的我们，总会努力向往过着歌词一样的生活，北京巴黎土耳其，纽约伦敦和悉尼。

而当外婆给我夹菜的时候，似乎那台14寸黑白电视机治了二十年终于治好了，开始播放一段段黑白片，我在那刺刺声和雪花屏幕里，仿佛看到了二十年前的自己。

那时候的我也很忙，天天在外婆家忙，忙得天昏地暗，忙得无所事事，没有时间去理睬外婆家以外那个很大的世界。

除了现实，人应该还有另一个很大的世界，那里总有一个不会改变的少年，心藏往昔，如影怀念。

一个村庄里最伟大的艺术家

那是一个悠长的下午，外婆悠闲地躺在藤椅上。

我和外婆说，周杰伦写了一首歌叫《外婆》。

外婆闭着眼睛说，来，放给我听听。

我用蓝牙小音箱放了一遍。

外婆晃着藤椅说，一个字也没听清楚。

于是我翻出歌词给外婆看，并一句句告诉外婆歌词写的是什么。

周杰伦在里面唱道，今天是外婆生日，我换上复古西装，载着外婆开着拉风的古董车兜兜兜风……

外婆嚼着苹果看着我说，你又没西装，也没古董车，只有我的生日，哈哈哈哈。

我……

她看到其中一句，立刻念道，大人们以为出门之前桌子上放六百就算是孝敬，这句话很对。

我说，嗯，要的是陪伴。

外婆说，对呀，现在六百块能干什么呀。

我……

外婆说，起码翻倍，一千二，对吧。

我……

看到周杰伦写到“外婆露出了浅浅的笑容”，外婆还浅浅一笑说，是不是这样啊。

我愣着没反应过来。

外婆又换了一个笑容说，应该是这样，刚才牙齿露出来了。

外婆最后总结道，歌很好，要是再唱慢一点就更好了。

外婆一直在村庄里持续着自己生生不息的艺术生涯，所谓的琴棋书画诗酒花，外婆样样不离手。

譬如书和画。

只要一有空，外婆就拿出毛笔开始练习书法。外婆认为要把几个字写好，就要对着这几个字不停地练习。于是外婆就拿最显眼的村路边的标语开始练习。

一个多月以来，外婆写得最好的一行字是，村庄是我家，清洁靠大家。

外婆偶尔还用毛笔画画。

每次我看到就夸奖她一番说，嗯，这一棵树画得不错。

外婆说，这是伞。

为了避免尴尬，我以后夸奖前先问一句，这是猫吗？

外婆说，你猜？

我说，是老虎？

外婆说，你再猜。

我突然用了一句装×的话来解围说，好的画都是从有形到无形的，你看什么就像什么。

外婆听了竟然满意地说，猜对了。

后来外婆告诉我，这都是好几个月前画的了，她自己都忘了这画的是什么了。

外婆微笑着说，不过呢，你们年轻人就是会说话，把我们记忆力差都能说得什么有形无形，念过书就是好，骗人都很厉害的。

所谓的琴。

外婆对于音乐有一种奇特的热爱和好奇。

遇到那种抱着吉他穿街走巷弹唱一曲二十块来敲门的，外婆往往不会拒绝，且表现出极大的兴趣。

外婆会好奇地盯着小伙子说，给你四十块，让我也玩会儿。

外婆像抱琵琶一样抱着吉他扫了几下弦，发出阵阵噪声之后，疑惑地问小伙子，这个你怎么能玩，我怎么不能玩？

小伙子教外婆按和弦的时候，外婆连连说，哇，手指太疼了，太难搞了。

然后一把将吉他还给人家说，我给你四十块，你给我弹唱两首吧。

小伙子说，要听什么歌？

外婆想了想说，《世上只有妈妈好》。

听了小伙子弹唱的《世上只有妈妈好》，外婆觉得实在太好听了，还说一边听一边想起了自己的妈妈，自己以及我妈妈，因为这个世界上大部分姑娘既要当女儿，也要当妈妈，还要当外婆。

外婆感慨万分之时，又追加五十块，让小伙子再弹唱两遍《世上只有妈妈好》。

小伙子唱完的时候，外婆说，你旁边的，旁边的旁边的，旁边的旁边的旁边的，都不用去敲门了，他们也不会听你唱歌的。

说完掏出一百块钱说，就当我都给你了。

小伙子接过钱，外婆问，哎呀唱得这么好听，有没有唱给你妈妈听过？

小伙子捏着钱说，我没有妈妈。

外婆愣了一下说，我也没有妈妈。

至于棋艺。

外婆的棋艺高超，体现在和隔壁阿辉儿子的对战上。

外婆说，阿辉小夫妻做生意起早摸黑很辛苦的，阿辉儿子有时候就要我照顾一下。

有一天，外婆和阿辉的儿子下了一整天的飞行棋。

一老一少相对而坐，从日升到月落。

外婆说，下飞行棋我是老手了，从你小时候我就开始下了啊。

但凡谁家的小孩子需要临时照顾一下，外婆就拿出一盘飞行棋说，来，让你先抛骰子。

外婆说，下棋，就是为了陪小孩啊，他们不会乱跑，不会有危险。

所以外婆象棋、围棋一概不会，然而飞行棋，弹子棋，甚至大富翁外婆都操作十分熟练。

有一次外婆家后门的小圆圆来外婆家，带来了围棋。

外婆一把将两盘棋子倒在棋盘上说，来，我们拼个图案吧。

围棋6级的小圆圆，一脸纳闷地看着外婆。

关于酒和诗。

有时候外婆会说，有一种道理叫，莫贪杯，少喝酒。

有时候外婆会说，有一种道理叫，今朝有酒今朝醉。

我说，你这道理相互矛盾啊。

外婆说，有一种道理叫，随便说说。

而对于诗，外婆经常结合当下生活，将插科打诨的水平发挥到了极致。

譬如网络红句“春风十里不如你”，外婆的下半句是“少吃多动五点起”。

“一江春水向东流”，外婆的下半句是“有吃有喝就别愁”。

“人有悲欢离合”，“家有鸡鸭鱼鹅”。

“明月几时有”，“女友有没有”。

“锄禾日当午”，“呜呜呜呜呜”。

外婆就这样时不时不经意地让著名句子拐了一个弯，话越说越多，年纪就越来越大。

年纪大了有一件事特别认真，那就是种花。

但是有些事情过于认真并不是好事，譬如外婆没事的时候，就会天天盯着那些小院子里的花花草草，一天要浇好几次水，还用勺子去松土，用剪刀不停修剪。有些花草在外婆的悉心照料下枝繁叶茂，有些花草在外婆的精心呵护下残枝败柳。

外婆感慨道，年轻人就跟花一样，老年人就像你一样。

我差点喷出刚喝下的水说，啥?

外婆说，泥，泥土一样。

外婆还有一个特点，就是对于年轻人有一种十分痴迷的技术崇拜。这很大可能，在于外婆不怎么会用电子产品和现代家居用品。

譬如我给外婆买了一个榨汁机，费了九牛二虎之力终于教会她的时候，她恨不得在村里奔走相告，又会用新式武器了。

然后左邻右舍的老年人买来了一些橘子、甘蔗或者黄豆说，能不能给我们榨点水果汁、豆浆呀。

外婆无比热情地捣鼓一番，对面六七个老年人看了十多分钟，一点动静都没有，外婆拍拍机子说，哎呀，又要打电话给我外孙了。

这时候我的到来，就像一位技术大神降临。

外婆会大手一挥，感觉场面很大，说，来，你拿好水果，等着。对外公说，来，你去插上电源，看着。还会说，你，稍微离远一点，小心。

然后说，好，可以开始了。

这种时候问题的关键，往往是外婆没有准确地按下开始按钮。我按下按钮，榨汁机启动，外婆就自顾自地在那边拍手，厉害厉害，好厉害。

有一次夏天，外婆家那台二手电脑打不开了。如果电脑关不掉，外婆可以直接拔电源，但是打不开外婆就很着急。

我赶到外婆家，花了半小时给外婆重装了一下系统。在这半小时期间，外婆简直为我搭了一个戏台。

她买来了牛肉干、饮料、瓜子，泡好了菊花茶，放到电脑边。让外公帮我按摩肩膀。拿来了一盏台灯放到电脑边，但没地方插，就又找出了接线板插上。把瓜子一颗颗剥好放到桌子上。还拿来一个小板凳说，来，脚搁这里。最后把电风扇拖到我的左侧，一挡二挡三挡调了好几遍说，这样最舒服。

我说，其实这个很简单的，傻子都会。

外婆自己摇着扇子说，我不会。

我……

其实外婆会很多东西。

村里很多七八十岁的老人，大字不识几个，外婆识字，会看书读报。村里组织老年人去市区游玩。外婆就像一个导游一样带着他们，指着著名藏书楼大门的牌匾说，现在我们到了阁一天，哦，是天一阁。

外婆向大家介绍，这是一个叫范，范，范……一时想不起这个叫范钦的人，于是说，是范先生创建的，大概有……这时候又忘记了数字，甚至忘了几百年还是几千年，于是说，有千百年的历史了。

在天一阁里面参观的时候，外婆每到一处，就把那里写的介绍词读一遍，声情并茂，头头是道，获得村里七十岁以上老人的一致好评。

外婆还会在端午节的时候包一个心形香袋。

在元宵节做一只南瓜形状的灯笼。

在四月的时候，做一只经常在半空打转的风筝。

还有折一只小船，写上“大船”。剪一只小鸟，写上“老鹰”。

外婆现在还会拿着做完的香袋说，戴上它就会一辈子香喷喷的。或者拿着一只小灯笼说，挂着它妖魔鬼怪都不会来了。或者拿着小纸船说，出发去大海。拿着纸小鸟说，带你去看蓝天。

时光荏苒，我们也曾经痴迷这些事物与故事，如今我们对这些一笑置之，我们被各种技术所革命。

我们还有很多的未知，很多的不解，很多的探索。

我们着迷于年轻的力量，然而，同样感怀于外婆对迷人细小事物的认真。

外婆，或许就是一个村庄里最天真恒久的信守，从微光到天明，从年轻到古稀。

重要的小事情

那天周末，我去外婆家吃饭。饭前，我坐在沙发上认真地玩着手机。

外婆一脸严肃地说，我有重要的话跟你说。

我说，什么话？

外婆想了想说，等你玩好手机。

我想，手机这辈子都不可能玩好啊。

于是我说，那玩好这一局，三分钟。

三分钟后我放下手机。此时，外婆正在扫地，我说，什么话，你说吧。

外婆拿着扫把说，忘了。

刚才还那么表情严肃，现在竟然轻描淡写地说忘了。

我说，肯定不是什么重要的事。

外婆说，做你的手机也很累啊，就没有停的时候。

我说，做每个人的手机都很累。

外婆拿起她的诺基亚老年机说，做我的手机就不累。

对于这款诺基亚老年机，外婆还有很多惊奇的发现。以前外婆不知道号码可以存储，都是把号码记在本子上，然后打给谁就输入号码。自从我让她知道号码可以存储的时候，她一脸惊讶。

我把她亲朋好友的号码都存到手机里。结果她照着通讯录挨个打了一遍，电话接通也没说什么话，只是她一个劲儿感慨，打电话真方便。

我还让她知道了可以换很多个电话铃声。她每一个铃声都听了一遍，对每一个铃声都充满好奇。

外婆拿着这款早就停产的诺基亚手机感慨，科技真的是越来越发达了啊。

而此时，诺基亚早就变卖了在芬兰的总部大楼。

外婆说，还有什么功能？

于是我打开了几款黑白小游戏：俄罗斯方块，贪吃蛇。

外婆折腾了一会儿说，太复杂了，这都是你们年轻人玩的吧。

我说，都像你这样的年轻人玩的。

外婆又接过手机，玩了几局贪吃蛇，都是直接撞墙，然后自我嘀咕，看不懂啊实在看不懂。

外婆自己拿着手机又胡乱按了一通，然后一脸疑惑地看着我。

我说，没事，乱按不会爆炸的。

外婆突然啪地将手机放到桌子上，转身就跑。

我也顿时离开手机三米远说，怎么啦？

外婆跑进厨房说，完了完了，红烧肉烧焦了。

我走进厨房，看到一锅漆黑的红烧肉，我说，没事，烧焦就烧焦。

外婆一脸惋惜地说，挑能吃的吃。

我说，烧焦的东西有毒，不能吃。

外婆拿着筷子说，不是给你吃。

我说，我不能吃，你自己就能吃了？

外婆抬头看了我一眼小声说，给你外公吃。

我愣了三秒。

外婆见我愣了一下，一脸笑呵呵地说，这肉你外公一大早买来的，不能浪费了。

吃饭的时候，外公对着几块相对完好的红烧肉皱着眉头。

外婆一本正经地说，今天做这个红烧肉，花了我两个多小时，火候完全到位了。

外公拿着筷子夹起一块说，火候是不是过了？

外婆自己夹起一根青菜说，吃饭就吃饭，不要说话。

饭后外公出去打麻将。外婆又拿起那部诺基亚手机看了又看。通讯录的名字能翻五六遍。各种铃声能听半个多小时。

我则半躺在沙发上，塞着耳机用手机听着音乐。

一个多小时后，外婆拿着诺基亚手机问我，你一直塞着这个在听什么呀？

我说，音乐。

外婆说，让我试试。

外婆一塞上耳机就一个激灵说，哦哟，不得了，耳朵里都是声音啊。

我说，感觉怎么样？

外婆摘下耳机，好奇地看了看两个耳塞说，这么小的两个东西，声音这么大。

我说，厉不厉害？

外婆说，怪不得啊。

我说，怪不得你看到年轻人都戴着耳塞是吧。

外婆说，怪不得喊你吃饭你一直没听见。

外婆拿着诺基亚手机若有所思地说，我还看到过更先进的手机。

我说，怎么样？

外婆夸张地用手正反形容了一下说，可以翻开又合上的。

我以为是带着套子的智能手机，后来才知道原来外婆说的是诺基亚的翻盖手机。十年前的东西外婆总会说得津津有味。

我在外婆家的沙发上小睡了一会儿。醒来的时候发现外婆躺在那把藤椅上，戴着我的那只耳机慢慢摇晃着。

最关键的是，我发现耳机根本没连着手机，但是外婆却一脸享受的表情。

我推推外婆说，这根本没有音乐啊。

外婆继续摇晃着，一脸不屑地说，刚刚外面放鞭炮，塞着不吵。

我说，嗯，很好。

外婆突然想到什么，从藤椅上起来，转身走进房间，一分钟后又出来，将一张纸铺开，上面写着一个大大的“静”。

外婆笑着说，这字怎么样？

我说，不错啊，一看就是你的手笔。

外婆指着这个字说，笔是我的，手笔是老年大学的王老师的。

我说，怎么不挂到墙上？

外婆说，在心里就行了。

外婆表示，当她塞上耳机的那一刻，的确感受到了一种安静。虽然依旧能听见外面的声音。我说，我给你放点轻缓的音乐，你会感觉更加安静。

于是我给外婆放了一些轻音乐。

我说，这叫，蝉噪林逾静，鸟鸣山更幽。

外婆塞着耳机瞪着眼睛看着我。

我说，是不是更安静了？

外婆说，我在想你刚刚那两句话什么意思？

我说，就是放点音乐更安静的意思。

外婆又嗖地起身，拿出纸笔说，这么有文化的话，你再说一遍，我记一下。

我说，这都是很普通的古诗词。

外婆说，我只知道床前明月光。

我准备从包里掏出薄荷烟让外婆尝尝，结果翻到老枪送我的两张关于中国古典音乐会的票子。我估计老枪这票子送不掉了，只能送给我了。

我一看时间，今晚七点半。

我拿着票子和外婆说，晚上要不要听中国古典音乐?

外婆说，你放吧。

我说，不是，是去宁波大剧院听。

外婆一听就说，好啊，大剧院我从来没去过呢。

我和外婆到达大剧院，周围都是一群中国古典音乐的爱好者。听了几曲之后，我问外婆感觉如何。

外婆点点头说，嗯，大剧院好大啊。

我只能继续盯着舞台默默听曲子。

我们认真地听完了整场音乐会。结束的时候，旁边人纷纷表示，听到了高山流水之声，丝竹冬雪之音。我们经过一位受访大爷的身边，听到他说，在里面听到了鸟叫、风声，以及灵魂的轻轻呼唤。

我问外婆，你听到了什么?

外婆说，就叮叮咚咚叮叮咚咚啊。

我说，那像什么呢?

外婆若有所思地想了一会儿说，像手机铃声。

我只能拼命点头表示认可。

外婆回来之后，和外公大肆描述今天去听音乐会时的情形。

外婆向外公描述的是，大剧院太大了，座位很多，灯光很漂亮，连厕所都是香喷喷的。

外公说，听的是什么？

外婆一脸纳闷地说，听什么？

然后拍拍我肩膀说，今天我们听的叫什么？

外婆打电话让我妈也过来吃晚饭。于是边开始做菜边说，我以前做菜专门拜过师傅的。

我说，嗯，一看就是专业的。

外婆说，可惜师傅太坏，没学成。

我说，当我没说，师傅怎么坏了？

外婆说，每次到了关键时刻，就让我去拿葱，拿酱油。

我心想，打酱油一词估计就是这么来的。

外婆突然话峰一转说，我认识一个姑娘，你要不要去看看？

我说，相亲这事情就算了。

外婆突然拿起菜刀，拼命剁着肉说，有一句话说，相亲相爱啊，不相亲怎么相爱啊。

我看着被外婆剁烂的肉说，你这是要做肉饼蒸蛋吗？

外婆提着菜刀笑着说，那你到底相不相？

我慢慢退出厨房说，我考虑考虑。

外婆边做菜边和我谈论相亲问题，我则边应付边吃外婆做的菜。

不知不觉间，十个鸡翅我就吃掉了五个。

外婆端着盘子出来一看说，这么少也不好上桌，你干脆都吃了吧。于是我吃完了所有的鸡翅。接着，我又偷吃了鱼，把鱼的一面都吃完了。

我说，我已经吃了一面了，上不了桌了，干脆都给我吃了吧。

外婆说，翻个面吧，还可以上桌。

我妈吃饭的时候，突然发现那鱼一面没有了。

我脱口而出，被狗吃了。

外婆说，对。

我妈起身端起鱼倒进垃圾桶说，被狗吃了你们还敢吃，就不怕生病?

从外婆家出来的时候，我发现手机忘记拿了，于是立即跑回去，找了半天也没有找到。

我说，你用手机给我打一个电话试试。

外婆拿起手机，迅速地按了一串我的手机号码。

我说，你干吗不翻通讯录。

外婆说，比起翻通讯录，我发现还是直接输你的号码快。

我说，你都记得?

外婆说，你和你妈的号码我记了好几年了。

此时我的手机铃声响起，我从房间的柜子上找到了我的手机。

外婆说，你试试，是不是直接输入我的号码更快？

我突然愣了一下，发现我背不出外婆的手机号码。

我支吾着说，是。

我突然想到下午外婆一脸的严肃。

我说，你下午说有重要的话讲，是什么话？

外婆挥挥手说，我哪句话不重要？

我说，都重要。

外婆笑着说，走吧，早点回家，早点休息。

在这个世界上，每一个人的回家路，也许星光暗淡，也许道路曲折。而此时，外婆正用满脸皱纹，满头银丝，用那些并不高明的话语，默默护送我走过一段又一段明暗不定的时光。

太平洋里的小愿望

你有过这种经历吗?

在一个岛屿上，四周是蔚蓝的大海，蔚蓝的天空，只有一朵白云飘在天上。

你看白云看了一天。

看星空看了一个晚上。

看着太阳落进大海。

然后太阳被大海浸润一新重新升起来。

当我这样问外婆的时候，外婆一脸呆呆地吐出三个字，没，没，没。

我说，那你要去体验一下吗?

外婆想了想说，七十多岁了啊，也该见见大风大浪了啊。

我说，七十多岁不都见了很多大风大浪了吗?

外婆说，我不一样的，我生活一直很……按照现在的话说，很和谐稳定。

因为外婆年纪大了又有高血压，考虑再三，我决定用视频直播带她看看大风大浪。

外婆高兴地握着那部国产智能机说，科技真发达。

2015年的夏天，我和老枪、冠明哥以及几个朋友一起坐船，从象山的石浦港出发，去渔山岛。

登船前，老枪搂着蕾蕾说，别怕，有我在。

说完这句话就在船头被缆绳绊倒了。

此时外婆发过来视频问，船开了没？

我拿着手机说，马上就开了。

外婆在视频里左看右看，于是我拿着手机晃了一圈说，看清楚了没？

外婆说，我先做饭，一会儿再看。

两个多小时的时间里，船上一半的人都被晃得双眼迷离甚至上吐下泻。

因为海面信号不稳定，外婆发过来的视频总是卡得无法交流。

船靠岸的时候，老枪晕得四肢无力，在过道上摇摇晃晃地拉着蕾蕾，顺手推了推我说，上……上岸了。

我猛地坐起，看了一眼窗外说，这么快到了啊。

于是立即给外婆发了一条语音过去。

外婆说，刚才我都睡着做梦了。

我说，什么梦？

外婆说，梦到我坐船去台湾了。

在岛上，老枪双眼无神，蕾蕾面色苍白，冠明哥则一脸倦意。

到了晚上八点多，大家才有所恢复。

夏天的岛上有很多年轻人，大多在空地搭帐篷，大家就在这里聊天，喝啤酒，看星空，四周是星星点点的大海。

于是我对外婆开启了视频直播模式。

外婆说，太暗了。

于是我把四个手电筒都开了起来。

外婆饶有兴趣地在视频里看我们在岛上放孔明灯。我们准备了十多个孔明灯。

老枪在孔明灯上写，和蕾蕾这辈子下辈子十八辈子都在一起。结果点了半天的火，愣是没有飞起来。

蕾蕾斜眼看着老枪，老枪说，马上飞马上飞。

冠明哥说，哈哈，鸡飞蛋打，我来给你们示范一下。

冠明哥在上面写，明年赚个五百万。结果晃了两下直接掉到了泥土里。

冠明哥默默无语，又放了三个，打火机都点烫了，一个都没有飞起来。

外婆在视频那头，一边放着电视机，一边看着我说，有问题。

老枪说，什么问题?

外婆皱着眉头说，愿望都太大太重了。

老枪撑着一盏新的孔明灯说，那轻一点轻一点，冠明，你写个五十块。

冠明哥拿着打火机说，妈的，这盏五十块的算你许的。

老枪说，你点不点，不点给你踹海里信不信？

冠明哥拿着打火机说，可以写个十万。

老枪叼着烟说，一会儿我才写五万，你要十万，不怕掉下来？

冠明哥继续拿着打火机说，妈的，我五十块，你要五万？

外婆看着他们说，这孔明灯是支票吗？

我拿出一盏孔明灯对外婆说，你也许个愿吧。

外婆在视频里说，吃好睡好。

结果飞了约五米直接掉进了海里。

外婆一惊说，这愿望都太高了啊。

我又取出一盏新的。

我说，再许一个愿望？

外婆想了想说，不要掉下来。

这是今晚我们第一盏放飞的孔明灯。当它飘向遥远的星空与大海的时候，就像一颗夜空中最亮的星，照亮我们所有人的内心。

我们都抬头呆呆地看了很久，老枪觉得颈椎病都快被治好的时候，问了一句，怎么被你们放上去的啊？

我拿着手机给外婆看孔明灯飞去的方向，外婆在视频里说，祝它越飞越高。

老枪说，行行行，统一都写，祝它越飞越高。

接下来的几个孔明灯都一个个慢慢飞向高空。

蕾蕾说，有星星又有孔明灯，真好看。

老枪说，我们十八辈子都会在一起的。

外婆突然从视频里蹦出一句，那真的是祖宗十八代都在一起了。

老枪一脸反驳不了的表情。

我看着一群孔明灯越飞越远，说，可惜一个愿望都没有写。

外婆说，有什么可惜的，不然一个都上不去。

我说，你这愿望太重的说法还挺灵的。

外婆说，站位，是站位不对，没有根据风向来。

我一惊说，啊？

外婆轻轻地笑了笑说，其实都是风向原因，但是你愿望写这么大有什么用？

我说，这是一种美好的祈祷啊。

外婆说，这是贪婪，哪是美好。

我想了想说，那人家十八辈子在一起，这怎么是贪婪，是爱情啊。

外婆说，我刚想说站位换一下，他们就讨论写几万了。

我面对星辰和大海说，你就没有愿望吗？

外婆说，愿望就是你平安快乐。

我说，我说的是你的愿望。

外婆说，这就是我的愿望。

这个世界上的所有人都在说，他们的征途是星辰和大海。

而我，也许就是外婆的星辰和大海。

外婆总是舍不得挂视频，她说，又不要钱，我把手机电都充着了。

外婆说，这地方不错，有没有带女朋友来过？

我说，以后有女朋友就带过来。

外婆说，要找一个……

我说，人美心美对吧。

外婆说，找个不会晕船的。

我说，这个要求……

外婆说，也没事，有晕船药对吧，那其实人不美也没事的，可以化妆的啊，你看看那个蕾蕾那么丑，化了妆……

我一脸尴尬差点掐断视频，我说，你这话不能说啊。

外婆马上变了一个语调说，也不是丑，就是化妆化得好。

我说，好了，你该睡觉了。

外婆在视频里竖起一根食指说，所以呢，你找什么样的都没有问题。

然后一下子挂断了。

一秒钟后，外婆又发过来视频说，刚才脸不小心碰到了手机。

我说，没事，明天五点准时给你视频直播看日出。

外婆笑了笑说，我平时四点半就起床了，好了，再见。

我和冠明哥在帐篷里谈了一夜的人生，喝了十多罐啤酒，终于迎来了日出。五点整外婆很准时发过来了视频。

我们静静地向东面朝大海，看着太阳缓缓升起来。

外婆说，活了大半辈子，从没见过这么大的太阳。

我说，现场看更大呢。

此时，所有人都在拍照，我没有手机可以拍照，所以只能和视频里的外婆一起静静地看日出。

视频里外婆的神情那么严肃，那么出神，又会时不时再感慨一句，海上生明月啊。

我默默提醒道，这个是太阳……

外婆在视频里就说了一句年代久远的歌词，东方红，太阳升。

我说，这就对了。

太阳慢慢地越升越高。外婆好奇地在视频里探头探脑，看着海的那一头说，你说大海过去是什么？

我说，还是大海。

外婆说，那再过去呢？

我说，还是大海。

外婆说，那再过去呢。

我说，还是大海。

外婆停顿了一下，看着我说，没完没了吗？

我说，再过去就是美国了吧。

外婆又恢复眺望的姿势说，那美国再过去呢？

我说，还是大海。

外婆又不可思议地看着我。

我说，这个世界上本来就是大海占了六七分，你没听说过三山六水一分田吗？其实田只占了一分。

外婆被我科普得一愣一愣的，然后若有所思地说，就一分田，农民种田都种得累死，要是把种田改为抽海水，全世界的人当农民都不够用了吧。

我走到了渔山岛上的仙人桥附近，此桥是自然形成。落差几十米，下面波涛汹涌。

我对外婆再次开启视频。

外婆看一眼就转头说，小心，别掉下去了。

我说，风景可以吗？

外婆连连摆手说，太高了，手机换个方向。

我插着充电宝，给外婆开着视频。外婆更多的时候就这么默默地看着一望无垠的蔚蓝海面，还有那个巨大的灯塔。

我说，这个灯塔有一百多年的历史了。

外婆惆怅地看着它说，比我还大呢。

我说，里面的守塔人最孤独最辛苦。

其实，外婆也像一个守塔人。

小时候我在外婆家，外婆几乎都是寸步不离地陪着我，照顾我。有时候别人找她去外面走走，她总说，家里有小孩走不开。就算附近走走，也是抱着我。小时候懒，总是不愿多走路，要外婆抱着走，外婆就说，腿打断算了，反正也用不到。

渔山岛有一段历史。

当年蒋介石败退台湾的时候，带走了岛上的所有人，有些没在岛上的人一回家，发现家里的一切都在，只是人都不见了。

外婆对这段历史非常感慨，说，还好，我们没有出生在岛上。

外婆还给我讲了一个故事。说有个女人和她女儿就这样分离了，女儿去了台湾，而她那时候根本无法去台湾，所以天天日思夜想以泪洗面。2000年年初，她终于可以去台湾了，却因为终日伤心过度，精神出了问题，只能天天望着窗户喊她女儿的名字。

我听了感觉心里略微有点难过。

外婆叹了一口气说，等会儿，我给手机充上电。

看这样子外婆还有很多故事要跟我讲。

外婆把手机拿正，搁到桌上对着说，还有一件事情是这样的……说到一半外婆一扭头和外公说了几句，然后说，那这样，我先做饭了，到时候再说。

傍晚的时候，我坐在一块大礁石上，面朝西边看着巨大的太阳慢慢落下去。此刻的外婆没有空开视频，她一定在热气腾腾的厨房里忙活，洗菜切肉，拿糖放盐，叮叮咚咚，滋滋呼呼。

许多人都说，一个人趁年轻要去做自己喜欢的事，去爱自己喜欢的人，因为这世界上有一件可怕的事情，那就是下辈子我们都不会再见了。

我觉得，更可怕的事情是，这辈子都不会再见了。

此时广袤海面的西边，太阳再次变得温和，夕阳正在慢慢落下去。这就好像终有一天，时光会熄灭，岁月会消散，再亲近的人也会各自零落到那些星辰与大海里去，永不再见。

这个世界的大英雄

一个月没见外婆了。那天晚上参加完朋友婚礼，顺道去外婆家，与以往松松垮垮不同的是，今天的我西装配皮鞋。

在门口，外婆见到我，一脸惊讶，上下打量了半分钟说，发财了？

我说，像吗？

外婆又摇摇头说，不像。

我说，像什么？

外婆说，卖保险的。

我说，朋友结婚当伴郎，刚结束，衣服鞋子都是借的。

我摸出朋友给我的两包烟说，软壳中华，慢慢抽。

说完就准备走，外婆一把拉住我，边拉边往里面走说，哪有来了连门都不进来的，快进来。

我说，别拉，西装普拉达的，普拉达的啊。

外婆边拉边说，达什么达。

一个月不见就像一年不见，外婆总想给我吃点什么。见我什么都不想吃，最后拿出老年人标配，菊花茶。

外婆又打量了我一下，此时我已经跑步健身了半年，身材比以前好了很多。

然而外婆突然说，又胖了啊。

我愣了一下说，就不能赞美我一下？

外婆说，胖就是赞美啊。

在外婆那个年代里，白白胖胖，圆圆滚滚就是对一个人的赞美。在那个年代很少见到人说，你瘦了。因为那个年代大家物质匮乏，瘦了就代表过得不好。

所以外婆见到左邻右舍的年轻人总是说，又比上次胖了，你看那个手臂多粗啊，腿多结实啊，脸都是圆滚滚的。

姑娘听到这话一般都消失得无影无踪。

外婆则还在那边一个人念，生活呀真的是越来越好了。

在外婆的再三要求下，我喝下了半杯菊花茶。

外婆说，怎么样？

我说，好喝。

外婆又给我加了半杯说，菊花茶有什么好喝的。

我一脸茫然。

外婆说，菊花茶的功效是明目安神，清热解毒，感觉到了没？

我一脸尴尬地说，嗯。

外婆说，又不是神丹妙药，哪有这么快。

我脑子里浮现一串省略号。

外婆说，你看，我的话，你都心不在焉地回答，我一看就看出来了。

我尴尬地说，没有。

外婆慢悠悠地喝了一口菊花茶说，你看你现在身边的同龄人都是结婚的，生小孩的。

我说，嗯，我再等等吧。

外婆看看窗外说，你看我身边的同龄人都是生病的，去世的。

我说，不能这么想。

外婆淡定地说，嗯，我也再等等吧。

外婆问我，饿不饿。

我说，有点，你不要给我做夜宵，我一会儿就出去吃。

于是外婆就一个人在那边翻箱倒柜找吃的。终于找到了一瓶木糖醇口香糖给我说，饿了，先吃点。

我拿着木糖醇口香糖说，你哪来的这个？

外婆想了一会儿说，可能是你表妹落下的。

我说，这是口香糖，你吃千万别咽下去。

外婆一惊说，吃下去会怎么样？

我说，就会把人的肠子黏住。

外婆一脸疑惑地说，然后呢？

我说，然后肠子蠕动就会越来越慢，越来越慢，慢到不会动了。

外婆低着眼皮说，然后呢？

我吃了一粒口香糖说，然后啊，就哇的一下死掉了啊。

外婆咽了咽口水说，完了，我已经吃了五颗了。

我惊了两秒说，没事，其实都可以消化掉的，我刚才都是骗你的。

外婆拿着木糖醇的瓶子说，你是不是现在才是骗我的？

我嚼着口香糖说，要真有事，我还不带你去医院吗？

外婆看着瓶子说，万一已经没救了呢。

我一脸茫然地看着外婆。

外婆突然一拍脑门说，哎呀，完了完了。

我说，怎么了？

外婆转身走进房间说，高血压药忘记吃了。

外婆吃了十年的高血压药，这药得终身吃，也就是余生药不能停。

我说，不吃会怎么样？

外婆将一粒药吞下说，哇一下死掉，这是真的。

我说，心态真好。

外婆说，还能怎样？

我说，生命有时候真脆弱，就靠这么一片小小的药物维持着。

我说，好了，很晚了我得走了。

外婆看了看手表说，才95：80……哦不对。

然后立即将手表摘下来说，不好意思，戴反了戴反了，是08：56，戴了一天都没发现。

外婆将手表重新戴好，伸出手说，你看看，这块手表怎么样？

我看到一块塑料感很重的电子表在我面前晃来晃去。

外婆说，清仓大处理，跳楼价买来的。

我说，多少钱啊？

外婆说，五块。

我忍不住笑了笑。

外婆一脸疑惑地说，笑什么，买贵了？

我说，也许一块就够了。

外婆一脸心疼五块钱的表情。

此时电视正在播放国际新闻，说美军正派舰队到我国附近海域。专家们正在讨论，美军冲到了家门口，我们应该如何对付？

外婆在那边嚼着口香糖，对着电视屏幕喃喃自语，这还不简单，先抓住他们的头发，再掐住脖子，最后伸出腿绊倒他们，肯定不会再坏了。

我看了一眼外婆说，嗯，厉害，高明。

外婆笑了一下，然后一按遥控，换了一个戏曲频道说，嗯，这个好看。

我默默欣赏着黄梅戏不说话。

我再次表示得走的时候，外婆看了一眼窗外说，村里有消息说，我们这房子要拆了。

我说，啊？这么快？

外婆惆怅地说，是啊，你以后就是来一天少一天了。

我脑海里又浮现以前小时候在外婆家度过的时光。

外婆从抽屉里拿出一个老算盘说，老古董了。

我说，房子拆了这些老古董得留着，带到新家去。

譬如这个算盘，可能是一代人的记忆见证，以后再也不会使用这个东西了。

我说，别忧伤，对很多东西有感情是正常的。

外婆突然一只手按着算盘低声说，来，我们算算，拆了我家能赔多少钱。

气氛突然大变，害得我一屁股又坐在了椅子上。

外婆戴着老花镜，认真地拨着算盘，最后抬头若有所思地看着我。

我说，算完了吗？

外婆扶了扶老花镜说，你会用算盘吗？

我立即掏出手机说，我有计算器。

外婆一摆手说，机器不靠谱。

我说，人更不靠谱啊。

外婆斜了我一眼，继续拨算盘，那是你，不是我。

我说，这房子有说什么时候拆吗？

外婆突然看着我说，其实我也不用算盘算了。

我说，对啊，直接计算器啊。

外婆摘掉老花镜环顾了四周一圈说，钱再多就不知道怎么花了，算什么算呢。

我说，我可以教你怎么花。

外婆说，那学费交不起，太贵了。

外婆将老古董算盘擦了擦。

我感慨说，这算盘一看就是很有历史感，那珠子圆润中带着粗糙，这就是岁月的痕迹。

外婆将算盘放正说，小时候你总是把它翻面，这算盘啊，大部分时间被你当作小汽车开来开去。

我尴尬地嚼着口香糖说，哦。

外婆说着又从抽屉里拿出一把木尺。

我说，也是老古董啊，你不会要测量家里的面积吧。

外婆说，你小时候用这把尺拍死了很多苍蝇。

我只能默默微微一笑。

此外，我还发现外婆一直保存着我小时候的一个玩具，变形金刚。外婆这年龄能很溜地说出“变形金刚”四个字。她笑着说，这是你小时候的玩具，也是我年轻时候的回忆啊。

外婆年轻时候的回忆竟然是变形金刚。

现在看起来这个玩具也很不错，于是我拿着它说，饿了，真得回去吃东西去了。

外婆啪地将门关上，门差点碰到我的额头。我走了两步又听到外婆将门打开的声音。

我一回头，外婆说，刚才门没扶住，滑了一下。

我说，好好好，再见啊。

我发现外婆左手向我挥着，右手拿着那个变形金刚。

一个满头白发的老人，保护着保卫世界和平的战士，在那些过往的岁月里，外婆或许就是那个世界里英雄中的大英雄。

这世上最简单的地方

2010年的春天，我找到了一份在广告公司写文案的工作。这是我第一份正儿八经的工作。

外婆得知后告诉我，不懂多问问别人，实在不懂就来问我吧。

此刻我正吃着泡面盯着文案一脸茫然。

我拿着手机说，问你?

外婆说，对啊，我可以去问菩萨。

听了这话我差点被泡面噎着。

我左手拿着叉子右手拿着电话说，好的，实在不懂会来问你的。

外婆听着声音说，在吃什么呀，吃得这么香。

我说，泡面啦。

于是外婆就把电话挂了。

整整三个月我写了十多个文案，也三个月没有见到外婆了。

外婆知道我在工作也不好意思打扰我，但总会时不时来个电话。

一般来电也不好意思直接让我去看她，总会来一句，啊呀我这里有两包大白兔奶糖，吃不完啦。

隔了几天再来电说，大白兔奶糖再不吃就要坏掉了，我已经吃掉一包了。

再过一星期来电说，那个卖茉莉冻的老头又来了，我给你买了茉莉冻啊。

半个月后来电说，我今天做了油炸鸡翅，都被你外公吃光了。

大白兔奶糖，茉莉冻，油炸鸡翅，曾经是我小时候的最爱。小时候只要能吃到这些就会不顾一切跑到外婆家去。现在我坐在电脑屏幕前拼命地写着枯燥的文案，无动于衷，而外婆还以为一切仍是二十年前，我还是给几颗大白兔奶糖就飞也似的回去的那个小男孩。

外婆最后略显无奈地来电说，那你要吃什么，你说。

此刻我依旧面对着屏幕吃着泡面，毕竟三个月后才能转正。

外婆听到声音说，我给你买两箱泡面好吗？

我不知道说什么，只能在老板的催促声中把电话给挂了。

这一年五四青年节的时候，我觉得外婆最适合过这个节，想着给外婆一个惊喜。于是给外婆买了一套护肤品，别的护肤品我也不懂，就买了以前小曼经常用的护肤品，然后写了一张字条，祝七十四岁的你五四青年节快乐，最后快递给了外婆。

外婆这辈子第一次收到快递。面对快递小哥一脸茫然又不知所措。

外婆拿着护肤品，扶着门说，你是阿挺的朋友吗？

快递小哥说，你签个字。

外婆说，他最近是不是特别忙啊？

快递小哥说，我就送快递的，签个字。

外婆说，你不跟我说，我就不签。

快递小哥说，我不认识啊，就送快递的。

外婆想了想说，哦，快递，邮递员是吧。

小哥说，对对对。

外婆拿着笔一笔一画非常工整地写下了自己的名字。

递给快递员的时候，又一把拿了回来。

然后拿着笔把最后一个字涂掉说，少写了一笔，还有，那个钩再翘一点。

这简直是快递史上签单最认真的人，于是快递小哥看着外婆一脸茫然。

在没日没夜地写了三个月的文案之后，我突然去了外婆家。

外婆打开门说，终于来了啊，我还以为又是那个邮递员呢。

我说，护肤品收到了吗？

外婆笑着泡了一杯菊花茶说，收到了收到了。

我说，用着感觉怎么样？

外婆说，都不知道怎么拆。

我……

外婆说，以后买点简单的东西给我，譬如嘴巴张开就能吃的。

我说，嗯，今天发工资了，我们去超市买点吃的吧。

外婆说，要不还是给女朋友买吧。

我说，现在没有女朋友。

外婆说，没骗我吧？

我说，真的没有。

外婆拿起她那个小熊钱包说，哦，那我放心了，我们去超市吧。

我……

我和外婆去了环城西路的那家欧尚超市。据说这是全国最大的欧尚超市。

外婆平时买东西都在村里的小店，一进这么大的超市就绕晕了。

欧尚的购物车需要塞一元硬币才能推出来使用，我们没有硬币，外婆就咬咬牙，用脚踩住，使出吃肯德基的力气拼命拉。

我说，别别别，再拉保安要来了。

外婆终于松了手。

我们在超市里面上上下下转了一圈，外婆说，这东西都一排排像高楼大厦一样。

我说，你要吃什么随便拿啊。

外婆说，有点看晕了。

即使如此，外婆还是双手往后一叉，一副老干部调研市场的样子，时不时还指点一下超市的各种打折专柜说，花头倒是很多。

逛了半个多小时，外婆的购物车里就一盒中华牙膏，我说，拿你自己喜欢的啊。

外婆一脸严肃地说，很多东西看都没看到过，不敢乱拿。

然后指着那盒中华牙膏说，这个和阿明超市里的一模一样。

外婆边走边看又拿起一盒东西说，这什么牙膏，看着不错。

我说，这是奥利奥饼干，我们现在已经在零食区了。

外婆一脸茫然地哦了一下说，这有一百个阿明超市那么大吧？

我说，可能都不止吧。

外婆一脸惊讶地说，阿明超市的东西我都没有全部买过呢。

逛了一个多小时，我买了满满一购物车的东西，外婆却没怎么买。付钱的时候，外婆拉开迷你小熊包，拿出一张五十说，我来我来。

我打开支付宝说，我来我来。

收银员说，你好，一共六百一十二元。

外婆愣了一下，收回五十，又默默看了看小熊钱包里面的钱说，还是你来吧。

外婆看着我推着满载的购物车往停车场走，边走边说，你就像阿明去外面批发货物一样啊。

我说，我今天发工资了啊。

外婆说，省着点娶老婆用啊。

我边把东西拎到车上边说，这点钱都不够娶老婆。

外婆拉开车门说，现在老婆这么贵？

我说，这你不能这么说，听着感觉怪怪的……

外婆坐到副驾说，老婆越贵说明越好啊。

说完就啪地关上了车门。

我们从屋顶停车场开车下来，下坡的时候外婆一脸紧张地拉着拉环。

我说，别怕啊。

外婆第一次结巴地说，这、这、这就像……

话没有说完，我就开到了一楼的马路上。

外婆舒了一口气说，这就像你小时候儿童公园的滑梯。

我说，有趣吗？

外婆说，你小时候我也陪你玩过一次滑梯，你还记得后来怎么样了吗？

我说，你吓坏了？

外婆一脸无奈地说，那没有，卡住了。

我憋得笑脸通红。

外婆回到家，把那支中华牙膏取出来，然后插到杯子里。

在我拆着各种零食的时候，外婆一言不发地坐在椅子上。

我说，你怎么了？

外婆说，刚才回来的路上，我看到一只小狗被车撞死了，躺在马路上。

我咬着一块巧克力说，哦，我没注意看。

外婆说，看到这个我就会难过很久，你看幸亏小狗没有爸爸妈妈外公外婆……

我说，小狗也有爸爸妈妈外婆外公啊。

外婆说，没有像我们这样的爸爸妈妈外公外婆。

我说，也许也有的。

外婆说，那就更难过了。

我掰了半块巧克力给外婆，外婆拿着巧克力说，你以后开车一定要小心，万物都是生命。

我说，放心，我很小心的。

外婆说，哪怕是只老鼠也要让它。

我说，老鼠是有害的啊，该死啊。

外婆说，那它死有它该死的方法，总之被车撞死那都是错的。

我说，嗯，那蚂蚁呢？

外婆一把将巧克力塞到嘴里，一改深沉的样子说，你是不是傻？三岁吗？

我嚼着巧克力说，不是万物都有生命吗？

外婆说，嗯，万物都和你一样傻就好了。

外婆大概尝到了巧克力的甜头，自己又掰了半块巧克力说，最重要的是你自己的生命，你少一根汗毛我都会心疼半天。

我撸起袖子，在自己手臂上拔了一根汗毛说，疼吗?

外婆起身说，你等等，我给你去拿剃须刀。

我笑着说，这些零食都放你家吧。

外婆摆摆手说，我又不开阿明超市。

在村子里生活，外婆一般去的是只有十几平方米的华贵小店。每次我去外婆家，外婆想要给我买好吃的，总说，华贵小店不行，我这都是阿明超市给你买来的。

在上千平方米的欧尚超市，外婆总茫然地无法选择她想要的一切。而五六十平方米的阿明超市，对外婆而言就是一个应有尽有的地方。

外婆说，简单点，生命不长，体重也别涨。

愿你悲伤如一条死去的小鱼

从某天开始，外婆早上增加了运动量。扭脖子，甩手，原地踏步的次数明显增加。

关键还用蓝牙小音箱播放起了音乐。外婆随着一首，I am lonely lonely lonely的歌曲摆动着自己的双臂双腿。

我说，这歌你听得懂?

外婆气喘吁吁地说，聋嘞聋嘞聋嘞……

我顿时觉得自己没法继续问下去了。

外婆说，下个月表妹结婚，不能太胖了。

我说，老年人，怕什么。

外婆说，那衣服扣子总要能扣得住吧。

外婆还让隔壁的年轻人买了一个电子秤，每天都要称一下有多重了。

我说，人家小姑娘才这样。

外婆一本正经地说，人活着要知道自己几斤几两啊。

我说，嗯，好有道理。

话虽这么说，当我问外婆要不要吃肯德基的时候，她还是会忍不住说一句，可以只吃一个鸡腿。

外婆一个人的时候能忍住不买肯德基，就是她觉得太贵不舍得买。有一次，看到我在肯德基免费要了一杯白开水之后，外婆每次在肯德基都不忘点一杯白开水。

然后就拿着肯德基的饮料杯，一脸自豪地说，我今天吃了肯德基。

外婆还把用完的肯德基杯子当作小花盆，里面装半杯土，种一些小花小草，外婆笑称，肯德基绿色食品。

我带外婆去吃肯德基。出发之前，外婆还精心打扮了一番，在镜子前照了又照。吃肯德基就像去高档餐厅参加晚宴一样。

我说，吃个肯德基还这么隆重。

外婆在点餐的时候，微眯双眼看了会儿菜单，要了鸡腿和鸡翅。

我说，不来点别的吗？

外婆说，现在新的品种多，我还是习惯老品种的肯德基。

那段时间我比较低落，努力了半天，发现上班的公司并不适合自己，所以准备辞职，但是也没打算好去干什么。

我打算送外婆回家，然后去游乐场玩会儿。老枪告诉我，郁闷的时候去坐坐过山车，玩玩自由落体，感觉会好很多。搞不好把自己吓个半死，也就不会那么焦虑了。

外婆得知我要去游乐场玩，就说自己也要一起去。关键是她要请我玩，因为我已经请她吃肯德基了。

外婆搜罗了一遍家里的现金，觉得不够，要去银行取钱。我没有办法只能陪她去银行，结果到了银行，摸了半天掏出一张老年公交卡说，要死，卡拿错了。

我们默默退出了银行。

我带着外婆去了凤凰山游乐园。

我一个人玩了过山车，海盗船。至于自由落体，上去之后又默默下来了，看一下就恐高了。

外婆一个人坐在凳子上剥着一个茶叶蛋，剥完就递给我说，吃吧，里面的蛋太贵了。

我一口一个茶叶蛋。

外婆感慨着，年纪大了很多事情干不成了，很多地方也不能去了，譬如有些地方写着七十岁以上不能玩，高血压者不能玩。

这些对外婆来说都是忧伤的句子。

外婆说，我可以帮你去排队。

我说，排队比玩还累。

最后，外婆在游乐场里面坐坐旋转木马，碰碰车，看看海狮海豹表演。

外婆坐在旋转木马上说，和二十年前一样啊。

我说，是啊，那时候我才十岁。

外婆说，是啊，那时候我才五十岁。

五十岁，对外婆来说，是一个很年轻的数字。

在游乐场里，外婆经常走错路，上个厕所都要看半天。走过的每一条小路她都会忘记，每一个项目的名称她都记不住。

在热闹的游乐场里，外婆默默地抬头看看在蓝天中晃来晃去的惊险刺激的项目，然后默默走着。

外婆年纪大了，记忆力就不太好。很多现代名词记不住，也不习惯去用。

这个时候，外婆就自己发明了许多名词。

譬如空调的遥控器，按一下嘀会响，外婆叫它嘀嘀板。

譬如邻居的萨摩耶狗，又白又胖，外婆叫它胖胖狗。

譬如老枪这个人，戴着各种手串，外婆就叫他串串男。

外婆自己发明的名词，都是AAB的形式，朗朗上口又充满着萌萌的喜感。

外婆在感慨时代变化的时候，总是会感同身受地举一些例子。

她说，十多年前啊，都流行衣服上印着大大的钩子。

我说，现在呢？

外婆说，现在衣服上都印着“百度外卖”。

我说，那是工作服啊。

外婆说，我们以前种田的时候啊，衣服上也没有印“种田”

两个字。

我说，嗯，的确时代不一样了。

因为外婆和我一样对变形金刚有着特殊的情结，于是游乐场回来之后，我就带外婆去看了变形金刚的电影。

两个多小时的观影过程，外婆一言不发，看得极其认真。

看完之后我问外婆，感觉如何?

外婆说，花花绿绿，打打杀杀，太热闹了。

我说，这电影还可以吧?

外婆说，除了没有看懂，其他都很好。

这句话是我听过的最经典的影评。

此时我接到老枪的电话，醉醺醺地说，来外滩喝酒啊。

我还没来得及说不去了，老枪就把电话挂了。

我回电过去，老枪说，来接我一下。

五个字，老枪说了十秒钟。

我本来想先把外婆送回家的，但是外婆竟然大手一挥说，没事，万一要抬要扛的我还可以给你搭把手。

要抬要扛的，我这是要去拯救整个外滩吗?

我到外滩的时候，连打了老枪五六个电话都没有人接，和外婆穿过酒吧一条街也没有找到老枪。最后蕾蕾用老枪的电话回电说，他喝多了，已经在家里睡觉了。

我心里默默地说，我服气。蕾蕾就把电话挂了。

于是我和外婆返回，再次穿过外滩的酒吧一条街，霓虹闪烁，音乐高嗨。

外婆边走边和我说，现在的年轻人啊，都是叮叮咣咣，叮叮咣咣。

我说，以前的年轻人呢?

外婆想了想说，叮叮当当，叮叮当当。

我说，还是以前的好听。

外婆说，穷得叮叮当当啊。

走到酒吧街尽头的时候，外婆问，你经常来这里喝酒?

我说，那没有，偶尔一次。

外婆又回头看了几眼说，有几个小姑娘倒是长得挺好看。

我说，卸了妆就不一定了。

外婆说，化妆好看就已经不错了。

我说，那你要求真低。

外婆说，你要求真高，小心化妆好看的女朋友都找不到。

我只能默默地说，您小心脚下，走好。

外婆说，热闹倒是挺热闹，比菜市场还热闹。

宁波的老外滩已经热闹了一百多年了，从1844年宁波开埠开始，这里就成为这座城市的一个地标，这比上海的外滩还早了二十多年。它影响着宁波这座城市的发展，也留下了一代又一代人的记忆。

年轻人在这里发生新的故事，老年人在这里寻找旧的记忆。

外婆一边走还一边看看停在路边密密麻麻的汽车。

外婆说，这些车子都很不错啊。

我说，来酒吧泡姑娘都喜欢开着好车来。

外婆若有所思地说，你以后也去买一辆来。然后指着一辆国产载货车说，买这样的好了，又大又好看。

外婆不认识车的牌子，在她眼里，汽车大外形好看就好，最好漆面能反光出人影，这车就是最好的车了。

在这之前，天空飘了几滴小雨，我的车前挡风玻璃上都是雨水。

外婆站在车边，从口袋里拿出纸巾，颤颤巍巍地在挡风玻璃前帮我擦掉雨水。

此刻，我刚发动汽车，看到这个场景，有点感动。同时，我一拨雨刮，挡风玻璃上的雨水一扫而光。

外婆拿着纸巾一惊说，哇，这么先进啊，你这车也很贵吧。

我一时语塞，然后说，你猜？

外婆坐到副驾驶，伸出五根手指说，五万？

我尴尬地笑了笑说，五块。

外婆装出要打我的样子说，骗我都不经过脑子。

我在灯光闪耀的城市里开着车，三天后我就要辞职了，努力了两年似乎什么也没有得到，一切不知道从哪里重新开始，以后去干什么，一片迷茫。

我听着收音机里的音乐，一言不发地开着车。

外婆看了我一眼说，怎么了？遇到困难了？

我顿时换了一个表情说，没有啊，在听收音机里的音乐。

外婆说，都已经放了三分钟的老中医卖保健品了。

我突然发现收音机里传来浑厚的老中医的声音，赶紧拨打我们的热线，今晚最后两盒。

我说，我能有什么困难呢？

外婆说，年轻人的困难肯定比我们老年人多啊。

我想了想说，昨天养的一条鱼死了，养了好几个月了。

窗外依旧月光皎洁，长大以后的生活有时候就是这样，走过每一条路，就像每一个年轻，像每一个孤独，像每一个朝暮。就这样循环往复，就这样迷路前途。

深夜失眠对白

外婆年纪大了有时候睡眠也不好。去医院的时候，和医生说经常会失眠。

医生说，睡不着，你就拿一本书看，看着看着就睡着了。

外婆说，我看书都是看着看着就看完了。

医生无语，笑笑说，那我给你配点安眠药吧。

外婆说，吃药就像吃糖一样，也没什么感觉。

我问外婆，那后来怎么就睡着了呢。

外婆说，你外公说啊，神仙才不用睡觉，是个人我就不信你睡不着，你要是今晚整夜没睡着，以后家务都我干了。

外婆听了这话，心想，千万不能睡着啊，这可是以后家务谁干的问题，咬咬牙都不能睡着。

结果，没多久外婆就睡着了。

外婆醒来，神清气爽地说，哎呀，输了输了。

就这样治疗好了失眠。

2014年冬天，我也陷入失眠，整整三个月。并没有什么具体的原因。

外婆得知这个消息，看了我一眼，然后和我讲起了嫦娥的故事。

我听完故事问，然后呢？

外婆一惊说，不困？

我说，我估计可以听一百遍。

外婆说，那就睡前看看书，医生说的。

我说，我看着看着就看完了。

外婆说，这个倒是像我。

对于我的失眠外婆尤其关心。因为在外婆眼里，吃好睡好最重要，现在睡不好那可是头等大事。于是她几乎天天电话问我，今天睡得怎么样？

为了不让外婆担心，我就说，每天都睡得很好。

外婆听了放心不少，还告诉我，听医生说，好的睡眠都会有一个好梦。

然后外婆高兴地说，我昨天做了一个梦。

我说，什么梦？

外婆说，梦见下大雨，下着下着就变成了钱，大家都去捡，后来一直下，也就没人捡了，因为大家都成了有钱人了。

我说，这算什么梦？

外婆略微一沉思说，中国梦啊。

我说，很有道理。

那一天我在外婆家吃饭。外婆见我脸色黯淡，问我是不是昨晚没睡好。

我说，是脸没洗干净。

刚说完，老枪就打来电话也问我最近失眠问题解决了没有，我说一切很好。

于是老枪就告诉我，昨晚他梦到了一串数字，让我赶紧帮他去买个彩票，中了我们三七开。

吃完饭，我就帮老枪去彩票店买彩票，外婆也跟着我一起去。

彩票店门口打着字幕，四块钱就有机会中一千万元。

外婆掏出一个一块的硬币，想了想放了回去，摸出一个五毛的硬币说，给我买一个，我只要二百五十万就够了。

我一脸尴尬地接过外婆的五毛硬币说，好的好的。

那段时间，外婆还是天天关心我的睡眠状况。

外婆特别相信“晚安，好梦”四个字。她说她几乎天天会做一个好梦，并且天天和我交流做了什么梦。

有一天，她说，我梦到自己成了书法大师，村里人都围着我让我写字，你呢?

我说，我梦到了自己过上了无忧无虑的生活，什么烦恼都没有。

又有一天，外婆说，我梦到了自己吃了一颗不老药，永远不会老了。

我说，我梦到了，自己变成了变形金刚，拯救了全世界。

再有一天，外婆说，我梦到吃肯德基不用钱了，我点了十个全家桶，我一个，你九个。

我不知道怎么回答，想了想说，我梦到自己变成了一头猪，全家桶来几个吃几个。

外婆在电话那头，停顿了几秒说，真的假的？这么巧？

我说，真的。

外婆说，血缘的默契啊，梦都一个场景。

为了让外婆放心，我天天配合着外婆瞎编梦境。

人生总有那么几段时光需要你熬着度过，当你遇到这样时光的时候，不需要害怕，你只需想想，有很多人，一辈子都在熬着度过，这样就会释然很多。

失眠的日子里我看了许多的电影，听了许多的音乐，看了许多的书，也看了无数遍的星星和月亮，思考那些漫无边际虚无缥缈的问题，或者想想以前的时光，认识的每一个朋友，喜欢过的每一个姑娘，遇见或错过的每一件事。

这一切有一个共同的特点，那就是，此刻他们都不在你的身边。

有时候，半夜我也出去走走。我看到过夜场结束的姑娘醉醺醺而归，深夜的出租车司机一路狂飙，形迹可疑的人从我身边擦身而过，运送地沟油的汽车停在某个酒店后门，四点起床生火的早餐店夫妻，还有踩着滑板刷街而过的人，就像我二十岁的时候那样。

那一天深夜一点多，下雨。

我听到一条微信提示音。这个点，一般只有老枪找我，不是喝酒就是喝多了让我去救他。

我一看，竟然是外婆的语音，阿挺啊，睡着没?

我回，没睡，怎么了?

外婆又发过来一条语音，没怎么，口渴起来喝水，你还没睡?

我想了想回，做了一个好梦，高兴得醒了。

外婆问，什么梦?

我说，赚了十个亿。

外婆说，这有什么好高兴的，我刚也做了一个梦。

我说，说说看。

外婆说，你追到喜欢的姑娘了，然后结婚了，我去参加你的婚礼，太高兴了就喝多了，酒喝多就口渴了，然后就起来喝水了。

我说，你喝水怎么没在梦里喝，直接起来喝了呢？

外婆说，这说明，梦和现实不远了，快了吧？

我说，那你接着睡，梦还没结束呢。

外婆说，人活着不要每天想着赚很多钱，要有自己的理想。

我说，我的理想就是赚很多钱啊。

外婆说，人应该有好的理想。

我说，你意思说钱坏了咯？

外婆说，钱不坏，但有比钱更好的。

我说，什么？

外婆说，女朋友。

我说，女朋友也喜欢钱呢？

外婆说，那你只能赚钱了。

我说，你说爱情是什么？

外婆说，什么也不是。

我说，那要爱情干吗？

外婆说，这社会事太多人太多，爱情就是找个人什么事也不干一起待着。

我说，就这样？

外婆说，一辈子能这样就是爱情。

我说，好吧，你睡吧，我的婚礼还没结束呢。

外婆说，嗯，我一会儿还要上去讲两句呢。

熬过一段漫长的失眠时光，就像熬过一段漫长的冬季。我也不知道自己怎么就慢慢开始能睡着了。有时候这个世界上所有治疗失眠的方法对你都是失效的，就像得了一场无药可治的病，但是有一天你真的慢慢地睡着了，并且真的做了一个美梦。几个月来第一次做梦，比我之前瞎编的真实许多。

我去了外婆家，告诉外婆，昨晚我回到了从前，在冬天一起过年，放鞭炮做汤圆，你还给了我压岁钱，我用它买了一个很大的烟火，我们全家人抬头一直看着美丽的烟火，那烟火贯穿了之后的全部梦境，一直没有停下来。

外婆听了连说，好梦好梦，我到底给了你多少压岁钱，能买这么大的一个烟火。

说完外婆说，她也做了一个梦，到时候跟我说，先出去买几棵大白菜。

我坐着和外公聊天。

外公说，现在睡得很好了吧。

我说，对啊。

外公叹了一口气说，自从你失眠，你外婆也一直失眠，说一直担心你，都没怎么睡好。

我说，我和她说我天天做好梦啊，她也说天天做好梦啊。

外公说，哪有，她还是担心你睡不好，就配合着你说，你说做好梦，她也说好梦，她都是瞎编的。

我……

外公说，这几天吃了舒乐安定，稍微好了点，不过也早醒。

我说，那她还天天编那么多故事。

外公说，有几个故事还是我编的呢。

我……

外公说，她觉得你是为了不让她担心故意说自己睡得好，她说她能感觉到，但是年纪大了，感觉也不一定灵，你说好梦，那她也说好梦，这样聊聊天也挺好。

外婆拎着几棵大白菜回来，气喘吁吁地走进厨房说，老头子啊，赶紧过来洗菜。

外公进厨房，外婆出来，看了看我说，气色好了很多。

我说，你昨晚做了什么梦？

外婆想了想说，昨晚什么梦都没做，对了，什么梦都没有，也说明睡得很好。

我说，你刚明明说做了一个梦的。

外婆说，我说过了？

我说，这么快忘了？

外婆说，刚说过的都忘了，更何况昨晚的事情了。

说完就撸起袖子走进厨房说，来，给你做一个地三鲜。

外公外婆在厨房里忙碌着，似乎在准备一场盛大的晚宴。

生活有时候如另一场梦境。

从出生到相遇，从相遇到告别，时光过隙，如梦如幻。

不停地成为这个世界的陌生人

2013年上半年的时候，我不知道你们都在干什么。而我，走在大街上，或者躺在家里，一首歌能单曲循环无数遍，一部电影能反复播放看不厌。

这说明，此刻，我没有了工作，没有了女朋友，没有了自己心心念念的很多东西。

我和小敏谈了大概半年的恋爱吧。

她说，你只爱你自己。

我说，你就是我自己。

小敏就再也没有回复我。

于是我准备去云南，去看看泸沽湖，去见见梅里雪山，去徒步雨崩，或者和那些骑行徒步大军一起走滇藏线去拉萨。

人在没有太多牵挂的时候，这样的事情特别容易干成。我准备了一个大包，和我妈与外婆知会了一声，就爬上了去云南的绿皮火车。去之前外婆还特意跑到我的住处来，当面嘱咐我一定要当心。

在绿皮火车上，我收到最多的是外婆的短信。外婆其实不怎么会发短信，每次都很简短，有些甚至没写完就发过来了。

深夜的时候，我躺在最上铺，外面一片漆黑。

外婆发来短信，到哪儿了？

我回，江西。

外婆回，火车好，睡着走。

我对着微光的屏幕微微一笑回，没你好，走着睡。

我这话的意思是，我小时候她常常抱着睡着的我走路。外婆就发过来一串我看不懂的符号，我知道外婆一定想说很多话，结果打字失误了。

此时，深夜火车，一片安静，窗外有清澈的倒挂月，路过荒草从生和岁月杂芜。一路南下，什么都好，哪怕怎么也睡不好。

在丽江我租了一辆汽车，自驾到泸沽湖。和几个朋友一起，喝酒，抽烟，吃饭，听音乐，看风景。

我每天和外婆保持通话，告诉她我现在怎么样，走到了哪里，想到了什么。

我打电话给外婆说，我现在在泸沽湖，湖面平静，夜空很美。外婆说，我正坐在小板凳上洗脚，开水热热的，非常舒服。

从泸沽湖回丽江的路上，我租的汽车坏掉了。我和朋友们从下午开始一直等待救援到了晚上八点。

我们坐在救援车里，在深夜的大山里绕啊绕，司机手一指说，那里就是古城，然后又一指说，那里就是雪山。

我们什么也看不见，云南的黑夜是雪山与古城的孤独。

小敏还是给我回了一条信息：你以为你见过很大的世界，但你连身边最小的事情都做不好，你根本就还没搞明白爱是怎么一回事。

我说，很多时候像永远又像离开，孤独总是伴随着你我。

她说，我睡了。

我说，明天我要去没信号的高原徒步很久。

也许，有时候人也如旅行者1号（美国宇航局研制的一艘无人外太阳系空间探测器），飞行很久不曾回头。

我和朋友们在雨崩徒步，翻越了三四千米的高山，一路沿着充满骡粪的土路前进，走了一天终于抵达雨崩村。

我还一个人跑到很远，跑到雪山脚下，用矿泉水瓶灌了很多雪山水，然后跑回来和朋友们说，每个人喝一口。结果太激动，整瓶雪山水掉进了骡粪堆里。

我站在离雪山不远处拍了一张照，给外婆发了一张和雪山的合影。

我站的地方是一个有故事的地方。

1991年，中日联合登山队在攀登梅里雪山的卡瓦博格峰的时候，遭遇大雪崩，17名队员全部遇难。

至今，那里还有提示牌写着，有雪崩的危险，禁止入内。

外婆回我，雪山很美，注意安全。

外婆告诉我，那天她在我包里放了一个小手串，说可以保佑我一切平安。她放在我的小包里，自己忘记和我说了。

那个小包我在泸沽湖的时候就不小心掉进了湖里，但我回复外婆，一切平安。

在这之前，我们晚上把一个在昆明买的蓝牙小音箱挂在树上，看星空，聊天。然后不小心蓝牙小音箱就滚到山下去了。

那声音就越来越遥远，那时候正在播放一首当时特别火的《夜空中最亮的星》。

蓝牙小音箱大概被卡在了半山腰，依旧可以连上手机，我们依旧能听到音乐。

于是我们舍不得离开，八月的梅里风大又冷。我们瑟瑟发抖地继续看星空，聊天，用手机换着不同的歌曲，歌声从山下传过来。

一切都变得那么辽远，那么温暖。

我们什么都谈，但好像什么都不用在意。

旅行或者徒步的意义，也许就是绕过你那些既定的生活，不停地成为这个世界的陌生人。

我也去了苍山洱海，绕着洱海骑行一大圈，手臂和脸都晒成了黑炭。

晚上，我们在一个民宿的院子里，大谈人生、理想以及这个世界的未来。

一点多的时候，一个中年男子睡意蒙眬地从二楼探着头，操着一口东北话说，哥们儿，咱明天再谈成不？这隔音太差了，我都听了三个多小时了，睡不着。

一切戛然而止，任何的大道理都抵不过一句，别讲了，睡不着了。

我把这件事告诉了外婆。

外婆说，听了三小时还没睡着，说明你们讲得好啊。

我说，好像也对。

外婆说，要是你们讲得不好，三分钟我就睡着了。

要是外婆在现场，一定邀请东北大哥说出他的梦想是什么。

说起外婆，她很多地方都没有去过，虽然小时候总觉得外婆是个什么都知道的人，连月亮上发生什么事情她都知道。但长大后你会知道，她没去过西南，西北，甚至没怎么走出过长三角，大部分活动范围都在以家为中心的两公里范围内。

对外婆来说，这个世界上有太多的远方。而她，因为年龄的原因，已经不可能再去那么远的地方了。

她总说，这辈子是没机会去那么多的地方了。

这句话听着有点伤感，但是外婆总会很不经意地掩盖掉伤感。

有一次，带她去周边的古村走走。她兴奋得像要出远门，就像小时候我们要去春游了那样。

回来后我说，下次带你去更远的古村山寨看看。

外婆说，那也不用，村庄嘛，我也是住在村里的，都差不多的。

外婆唯一一次出长三角是去了北京。

外婆这年纪的人多多少少有一点首都情结。于是我帮外婆外公买了机票，订了行程，让他们在北京玩了一星期。

回来之后，外婆向隔壁邻舍说，这辈子，我飞机坐过了，首都也去过了，天安门也到过了，长城也爬过了，故宫也进去过了，然后，哦对，飞机坐了两次，回来也坐了飞机。

外婆说这些话的时候满脸的自豪与满足。

2016年的时候，我找到了一份相对还算比较清闲的工作，所以夏天的时候又跑到东南亚去玩了一段时间。回来的时候，整个人依旧被晒得像烤香肠一样。

夏末的时候，我给外婆带回来了东南亚当地的几个手工工艺品。

外婆看了看说，就这个东西啊？

我说，怎么了？

外婆说，我也会做啊。

我说，那你在东南亚摆摊一定赚大钱。

外婆说，可惜我在中国，赚不了钱。

我说，在中国卖就没有特色，所以没有市场。

外婆说，那是因为中国有城管，摆不了摊。

我说，你说得特别有道理。

因为在东南亚皮肤有点被晒伤，我在外婆家只能靠贴面膜来恢复。

外婆从来不贴面膜，所以对贴面膜这件事百思不得其解。左看右看，告诉我，像奥特曼，像孙悟空，像猪八戒，像变形金刚，像京剧小生。

我贴着面膜，像听故事一样差点睡着。

我和外婆坐在夏末的院子里，外婆总会不自觉地抬头看看夜空中的月亮。

她说，中秋节又要快到了。

我说，其实你说得对，月亮里真的有嫦娥的，还有玉兔。

外婆说，你看到了？

我给外婆念了一条两个月前的手机新闻。

2016年，“玉兔”号月球车在月球上停止了工作。两年多来，这个小兔子，忍受了极端的高温与寒冷，及漫长的黑夜与孤独，完成了地球人布置的任务，永远停止在了月球上。

我说，是嫦娥三号带着小兔子飞上去的。

外婆看着月亮说，小兔崽子，辛苦了。

我说，啥？

外婆揉了一把嘴说，小兔子，辛苦了。

我说，所以你说的神话都变成了现实。

外婆说，我还说过，我能打跑所有妖怪，保护你。

我说，所以妖怪从来都没有来过。

外婆说，来过，在你睡着的时候来过。

我笑了笑说，那你睡着的时候呢?

外婆愣了一下说，妖怪睡了，我才睡的。

一切都那么美好，仿佛二十多年前的时光，触手可及。

我想起在东南亚待了挺久的时候，和外婆说，又很久没有来看你了。

外婆说，你也不可能一辈子待在外婆身边。

我说，我在这边挺好的。

外婆说，你知道自己想要什么就好。

我说，嗯，下个月就回来，要工作了。

外婆说，你累了或者你老了，再回来也可以。

我说，我老了，那你呢?

外婆和我说，我不会老，不会变，依旧是你的外婆。

从今往后，愿岁月轻柔，没有刻痕皱纹，愿时光安拂，没有留下银丝。我是这个世界的陌生人，你是我世界的熟悉客。

这辈子最重要的人

2016年春节的前几天，外婆拿着老式诺基亚手机给大家发祝福短信。

外婆不会群发短信，也不会转发各种祝福短信。

就在那边戴着老花镜，一个字一个字地打，×××，新年快乐，万事如意。因为操作不熟，经常打错字，速度很慢，所以提前几天就开始发短信了。

我说，你说，我帮你发吧。

外婆扶了扶老花镜说，这不是没有诚意了吗？

我说，话还是你的话，我只是帮你操作一下。

外婆说，那直接打电话不就好了。

我说，对啊，为什么不直接打电话。

在微信当道的年代，外婆拿着诺基亚说，现在都流行发短信。

外婆不习惯用手机里的通讯录，号码都用笔记在本子上，大概有十几个人。每个人姓名加祝福的话语，外婆发了两天。

这期间我和外婆面对面坐着，外婆还给我发了一条。

我说，我在这里，你还给我发一条。

外婆笑着说，哈哈，有意思，好玩。

等全部发完，外婆想了想说，还有一个远房亲戚，没有号码。

我说，没有号码就算了吧。

外婆皱着眉头使劲想了会儿说，号码我大概记得几位。

我说，错一位就全错啊。

我边说，外婆边按着手机，凭印象输入号码给那远房亲戚也发了一条祝福短信。

发完这些短信，外婆长舒一口气，仿佛完成了一件重要的事情。

刚舒完一口气，手机就收到一条短信，你谁啊？

外婆又拿起手机，赶紧自报家门又发了一条。

对方回复：你发错了。

外婆拿着手机一脸心疼地伸出两个手指说，两毛，浪费了两毛啊。

笔记本上记着号码的人以及村庄里的左邻右舍基本构成了外婆的生活圈。

外婆活动范围也很有限，也不会任何交通工具，给人指路都是，往前面走几步，左手边拐弯，再走个两步就行了。

但就算这样，外婆说，她这辈子还是遇到了很多的人，去了很多的地方，而且都是好人好地方。

笔记本上的那些人对外婆而言都是重要的人。因为外婆说过，她没事的时候就背这些号码，有时候都能背出来。

她拿着笔记本，看着那些名字和号码说，都要记牢点，这辈子记不住，下辈子更记不住了。

我说，动不动总说下辈子。

外婆说，我们这年纪，这辈子已经过了大半了，该考虑下辈子了。

我说，下辈子考虑得怎么样了？

外婆看看窗外说，和这辈子一样，重新再来一遍也挺好的。

我说，老一样？

外婆看看我又看看笔记本说，老一样多好啊，你也在，他们也都在，我们天天开开心心地过。

我们习惯了展望远大未来和宏伟愿望，外婆则知足地希望平凡的日子能过得更久远些。

外婆说，找个日子，大家都一起聚聚多好，我请大家吃饭，最好选个节日。

于是外婆看着一本最新潮的挂历，一脸诧异地推着老花镜说，哎呀，怎么天天有节日啊。

我看着挂历说，那些白色情人节，黑色情人节，还有植树节，国际麻风节，你都可以跳过。

外婆一脸纳闷地说，国际麻风节是什么节？

我说，就是世界上防治麻风病的日子。

外婆说，哦，世界要和平。

我翻着那本发黄的本子说，这辈子你最重要的人都在这里了吧。

外婆摇摇手说，那不是。

我说，还有谁呢？

外婆又看着窗外，说那些她种过的几盆花，养过的两条狗一只猫，三只乌龟，十几条鱼，还有喂过的几只麻雀，还有她去世的阿太，也就是外婆的爸爸妈妈，都很重要。

外婆感慨道，社会还不够先进啊，要是手机能打给他们，那我天天可以发短信打电话了。

我说，和花花草草，阿猫阿狗你也有话说？

外婆说，那当然啊。

我说，能说什么？

外婆拿着诺基亚假装打电话说，喂，饭吃了吗？冷不冷啊？

我说，这和人说的话有什么区别？

外婆说，是没区别啊，都是生命啊，我都记得它们。

虽然笔记本上记着的，对于外婆来说都是最重要的人。但是我如果问外婆，她一定说这里面最重要的是我。

这种重要很多时候表现在过往的小事当中。

譬如小时候。大冬天，我要喝牛奶，村庄里的小卖部没有。外婆和我一起走了一段长长的路，去买了牛奶。

回来的路上，风越来越大，冰冷刺骨。

我说，渴，什么时候可以喝牛奶了？

外婆紧紧拉着我的手，把自己的围巾围到我脖子上，把那冰冷的牛奶焐在怀里。

过了五分钟，她把牛奶从怀里取出来说，稍微热了点，可以喝了。

当晚外婆头痛鼻塞严重咳嗽，躺在床上，我拿着外公烧的热水说，难受吗？

外婆摸摸我的头说，没事的。

后来外公告诉我，她最难受的是，那牛奶还不够热。

还有一次，我不到八岁。

拿着一根火腿肠，边吃边在外婆的村庄里玩耍。一条流浪狗闻着火腿肠的香味就一直跟着我，最后实在忍不住就直接蹿上来，要来吃我手中的火腿肠。我吓得哇哇大叫，拼命地跑，那狗就在后面拼命追我。

那时候外婆就像一股风一样横蹿出来，大叫一声，但那流浪狗还不依不饶，冲着外婆气势汹汹地叫。

那流浪狗大概实在太饿了，对我手中的火腿肠还是虎视眈眈。

外婆急忙捡起地上的两块小石头，就砸了过去，吓得那条流浪狗往后逃窜。

外婆一把抱起我说，走，回家。

我看到不远处那条流浪狗，还一直呆呆地看着我们。

后来，外婆又去满村庄找这条流浪狗。在一条小河边，找到这只骨瘦如柴的流浪狗。

外婆手拿着两根火腿肠说，乖，吃吧，以后别抢人家东西，饿了我买给你吃。

那狗吃完香肠，外婆就走了，流浪狗也就一直跟着外婆，跟到了家里。

外婆收养了这只流浪狗，半年后，这只狗走丢了。

外婆又是满村庄找了半天，还走出了超出自己平时活动范围的地方，但一直没有见到流浪狗的影子。

外婆说，希望它不是死了，而是又去流浪了。

我说，肯定不会死，它肯定遇到了另一个好外婆。

外婆又摸摸我的头说，是的。

2016年的春节，外婆给每个人发完短信，然后一个个看着大家给她的回复。

外婆看着手机说，我那大嫂没有给我回复。

我说，她不会用手机吧。

外婆说，她已经去世了。

外婆突然有点惆怅地说，我发短信的时候太认真，没注意，就发过去了，有些人已经不在了。

外婆那本笔记本会越来越泛黄，关于上面那些人的记忆，也会越来越模糊，而那些人也会慢慢地消失，总有一年，有更多的人不再回复外婆的短信。

我说，这本记着号码和姓名的笔记本，就是一本书啊，里面有很多的人和故事。

外婆说，是啊，你可以写到你的书里去。

我说，那你跟我讲讲。

外婆说，不过你写十本都写不完，太多的故事了。

我说，那你慢慢讲。

外婆想了想又说，简单来讲也就一个字，好。

我说，就没有不好的事吗？

外婆说，只要人好，再坏的事都不会不好。

我说，嗯，好。

这一天，外婆翻了翻皱巴巴的笔记本，拿出笔和新的本子说，我再抄一份，多一份安全点。

想了想又拿出一支笔和一本旧台历给我说，你也帮我再抄一份，没本子了，就写到台历背面吧。

外婆说，有三份才安全，万一贼来了，把这个偷走了，对他没什么用，对我损失就大了。

我说，万一贼来把三本都偷走了。

外婆看着我说，这什么贼啊，想了想又说，所以啊，你的号码你妈妈的号码我都记下来了，其他的我都记了一个大概，实在没办法也只能这样了。

外婆又戴起老花镜，像一个小学生那样恭恭敬敬，一笔一画地抄着每个人的名字和电话。

此刻，南方的寒夜里，有各种烟火在夜空里不断地升腾绽放。

半个多世纪以来，那些简单的名字与数字，从晴朗到滂沱，从年轻到迟暮，如顽石坚硬无比，又像时光柔软至极。

如果再也无法相见

2014年冬天，外婆第一次因生病住到了医院。

医生说，老年病，年纪大了都这样。

头晕、气喘、眼睛发花、胃口不好等，没有什么具体而单一的原因，一切是因为衰老。

外婆躺在病床上，挂着点滴。

她看着吊瓶喘着气说，感觉……感觉……

我说，很难受吗?

外婆说，感觉像跑了一万米，不是，像跑到了上海。

我说，挂完点滴马上就好了。

外婆上气不接下气地说，然后……然后再跑回宁波。

我……

时间已经过了十一点。

我看了一眼挂了三分之一的吊瓶说，跑了这么多路，马上就可以睡着了。

外婆说，睡不着，真的睡不着。

外婆看着我，好像想说什么。

我说，喝水吗？还是吃点东西？

外婆摇摇头说，你……给我讲个故事。

我说，嫦娥吃了仙药就飞到了月亮里，从此和爱人永远相隔，但是月亮里还有一个叫吴刚的人在砍桂花树，他一直在那边砍啊砍啊砍啊砍啊……

我看了看外婆，她还认真听着，呼吸似乎顺畅了点。

其实我并没有完整地听过嫦娥的故事，因为听了一半总是睡着，于是我只能继续轻轻地说，砍啊，砍啊，砍啊，砍啊……

我的声音越来越轻，在点滴的作用下，外婆呼吸慢慢恢复了正常，于是不知不觉地睡着了。

我看了一眼吊瓶，隔壁床的翻了一个身说，砍啊，砍啊，砍完了没？

我忙轻声地说，不好意思，不好意思。

外婆曾躺在病床上告诉我，人都要慢慢变老，我也是，你爸妈也是，你也要变老。

我说，是。

外婆拍拍脑额说，说错了说错了，你要慢慢长大。

我说，我已经长大了啊。

外婆说，长大要学会一些事情，譬如自己做菜。

我说，我会的，我过两天休息的时候就做好菜带过来给你吃。

那两天，我自己琢磨了很久，在家里做了一个西红柿炒蛋，一个青菜炒肉片，外加一个紫菜汤。送到半路，我想了想，又跑到肯德基，给外婆买了两对新奥尔良烤翅。

外婆坐在床边，吃着我做的饭菜，精神明显好了许多。

她边吃边说，太好吃了，比我做得还好吃。

我说，那你太夸张了。

外婆说，这鸡翅做得比肯德基的还好吃。

我说，有区别吗？

外婆啃着鸡翅说，区别大了，肯德基不够嫩，不够香，你这个好了很多。

下午的时候，七大姑八大姨全来看望我外婆，然后就在一边相互聊天。

外婆让我过去，把头凑到我耳边，悄悄地说，和你说一句话。

我说，什么话？

外婆说，今天做的菜这么好吃，要多少钱，我给你。

我说，这怎么能要钱。

外婆说，这一定要给你。

我说，这不能要。

外婆说，他们都不知道的，我给你一千块吧。

外婆自以为在讲悄悄话，其实声音大得大家都听见了。

我看着一帮七大姑八大姨说，她们都看着你呢。

外婆一转头，看见大家都盯着她，立刻笑着说，你们送的水果好吃，很甜。

我轻声提醒她，水果篮都没拆呢。

外婆僵笑了一下说，大家喝茶，喝茶。

傍晚的时候，外婆说要给在上海的哥哥打个电话。

我说，怎么不写信了？

外婆拿着诺基亚老年机说，人老得太快了，中国邮政太慢了。

然后拿着手机说，我看不清，你帮我拨一下电话号码。

外婆很流利地报了她哥哥的电话号码。

电话接通后，他们聊了足足半小时。说出“再见”两个字之后，又可以聊上好几分钟，然后继续说“再见”接着继续相互告别。

外婆拿着电话说，那好了，再见了啊，你一定要保重身体啊，我跟你说，天气越来越冷了，今天上海几度啊，比我们还低两度啊……

过了两分钟依旧拿着电话，好的好的，那再见了啊，多吃多喝多睡觉，不要不舍得花钱，到时候我再来看你，啊，你来看我啊，那也好……

过了三分钟依旧没挂电话，好了，不讲了不讲了，电话费很贵的，哦，你包月了啊，一百分钟免费的啊，这么划算的……

又过了五分钟，嗯，行，我真的挂了啊，你一定要注意身体啊，对对对，相互保重，再见了啊，好的，嗯，再见，再见，再见……

一直听到对方没有声音了，然后看了一眼手机，又放到耳边听了听，确定对方把电话挂了，才自言自语了一句，嗯，好，好。

这是我听到过的最漫长的再见，就好像再也不会见了一样。

接下来几天，我爸妈舅舅轮流陪着外婆。外婆的病情并不是很稳定，有时候气喘得像被堵住喉咙，甚至不能吃饭，也不能使用任何东西，整个人就昏昏欲睡全身无力躺在床上。

那几天晚上我妈让我去外婆家陪外公。

晚上我就一个人看着外婆家里的一切。床头的变形金刚，练书法用的毛笔，纸不是宣纸，是问附近打印店要来的A4纸，还有用肯德基饮料杯栽种的小花草，还有一部外婆偶尔会用几下的国产智能机，还有一台永远也开不了机的二手电脑，曾经收破烂的出价一百块，外婆要两百块而没有成交。还有一个我送的很久没用的蓝牙小音箱。

我刷着手机，翻到了外婆的微信。头像是我给她设置的自己的照片。个性签名是她自己说的，三个字：你们好。

外婆并不理解什么叫个性签名，我就说，你最想对大家说什么话，写一句放到微信上。

外婆说，你们好。

我说，没有了？

外婆想了想说，饭吃饱。

我……

于是我就帮她写了这三个字作为个性签名。

如果不是因为我，外婆或许永远也不会去使用这些东西，当她勉强使用这些东西的时候，心里想着的都是，她终于能和我多说说话了。

我翻看着和外婆的聊天记录。最长的两次，一次是我们在宁波市区走失，另一次就是我在国外和她聊天。

当年我在越南和老挝的边境，看着深夜的星空和外婆发了一条微信，竟然奇迹般地收到了外婆的回复。那一刻觉得外婆的温暖，存在于这个世界的每一个角落。

而此刻，我拿着手机，给外婆发了一条微信，你好吗？

没有任何反应，那部智能国产机就在我眼前，微信的那一头，外婆意识模糊地躺在医院里打着吊针，只有那部旧旧的诺基亚手机陪伴在她的床头。

十二点过后，外公的呼噜声还没有响起来。

外公走出来说，还没有睡吗？

我说，你还不睡？

外公倒了一杯茶喝了一口说，睡不着，不知道你外婆现在睡着了没？

我说，肯定睡着了。

外公看了一眼漆黑的窗外说，以前她还说认识天上的神仙。

我说，神仙一定会救她的。

外公说，真认识的话，让病转到我身上来就好了。

我说，那不能，大家都要健康。

外公把一杯茶喝完，抹了一把嘴说，你外婆啊就像一个小孩，不能让她有半点事，我就没事了，再大的病再大的痛，我都可以扛过去。

外公说完这些话，我突然发现外婆也并不是一个可以拯救全世界的外婆。

在我小时候的印象里，外婆是不会哭的。

1996年的时候我的阿太（外婆的妈妈）去世，外婆流了很多眼泪。事后外婆告诉我，她没哭，只是守夜太困打哈欠了。

外婆也不会饿，每次有什么好吃的都说你吃我不饿。

外婆也不会冷，小时候带我出门，我咳嗽两下，她就把外套脱下来给我裹上。

外婆也不会累，小时候夏天停电，外婆用一把扇子一直扇啊扇啊到我睡着为止，还一边给我讲故事，外婆说，自己是一台会讲故事的电风扇。

那时候永远也不想到，神奇又温暖的外婆，有一天也会虚弱地躺在医院里，什么也做不了了。

一周后的晚上，我在医院陪伴外婆。外婆的病情已经稳定了许多，天天打吊针，手臂上都有好多针孔了。

她看着我说，你怎么看着也有点憔悴，不像以前那么帅了。

我说，我就没帅过，不过在你面前都是最丑的，都两天没洗澡了。

外婆笑了笑说，到有女朋友的地方去帅吧，我的地方不帅没关系。

我说，下次我打扮打扮来看你。

外婆说，你们都还年轻，时间还那么长，还可以帅很久。

外婆说到这里，重重地咳嗽了两下。

我说，喝点水吧。

外婆摆摆手说，早没事了，别大惊小怪的。

外婆喝了一口水，拉着我的手说，有一天，如果我们再也见不到了，你也不要难过啊。

我笑了笑说，我肯定会难过的。

外婆继续拉着我的手说，你就当我小时候和你玩捉迷藏的游戏，我一直躲着不出来就好了。

我说，那我一定要找到你。

外婆说，那就当作我来找你，我找不到你好了。

我说，我早就自己出来了。

外婆另一只手也搭在我手上说，那就当作我去了很远很远的国家，去旅游了，去看风景了，就像你以前一样。

我说，那你也要把你的智能机带上，随时发微信。

外婆笑了笑说，其实，我也不怎么会用，都忘记了。

我说，所以啊，医生说没事了，观察几天，就可以回家了。

外婆告诉我，人生都是在轮回的。

我问她，如果有轮回你下辈子要做什么。

外婆说，本来想继续做人的，现在想做一部手机，这样可以天天看着你在干吗。

我说，人还能轮回做手机？

外婆看了一眼天花板说，估计我也只能做一部老年机吧，智能机太聪明了，我不行的。

然后问我，你下辈子要做什么？

我说，依旧做我自己啊。

外婆说，啊呀，那我还是做你的外婆吧。

此时，外面一片漆黑，冬夜寒冷，时间正慢慢地挨过深夜，那些美好的年华在悄悄地翻山越岭，借着暮色与月光，匆匆赶往下一场陌生的黎明。

有些事缥缈如烟，有些人至此再见。

“我的外婆，

是我心中的平凡英雄。”